미국단편동화집

큰 글 씨 책 . 대 활 자 본

일러두기

- 큰글씨책은 저시력자 및 어르신들 모두 편하게 읽을 수 있도록 큰글씨책에 맞는 가독성 살린 편집과 디자인으로 본문 및 글자 크기를 크게 하여 만든 책입니다.
- 이 책의 저작권은 정씨책방이 소유하고 있습니다. 저작권법에 의하여 보호 받는 저작물이므로 무단전재와 무단복제를 금합니다. 책 내용의 전부 또는 일부를 이용하려면 반드시 정씨책방의 서면 동의를 받아야 합니다.
- 잘못된 책은 구입하신 서점에서 바꿔드립니다.

세 계 동 화 읽 다

미국단편동화집

정씨책방

도적들이 든 상자, 8

유리로 만든 개, 34

콕 나라의 여왕, 57

곰을 가진 소녀, 81

마법에 걸린 사람들, 101

행복한 하마, 118

마법의 봉봉 캔디, 140

밧줄에 묶인 시간의 할아버지, 157

마법의 우물, 177

살아있는 마네킹, 201

북극곰의 왕, 222

중국인과 나비, 234

도적들이 든 상자

그날 오후 가족들은 일부러 마르타를 혼자 남겨 둔 것은 아니었지만, 가족 모두가 이런 저런 이유로 바빴다.

맥팔랜드 여사는 '여성 반(反)도박회'에서 주최하는 주간 카드놀이 모임에 가려던 참이었고, 여동생 넬의 남자친구는 예고 없이 나타나 넬에게 드라이브를 가자고 했다. 아빠는 평소와 같이 일을 나가셨고, 매리 앤은 외출하기로 되어있었다.

하녀 에멜린 만큼은 집에 머무르며 마르타를 돌볼 수도 있었지만 그녀는 한 장소에 가만히 붙어있는 성격이 못 되었다.

"아가씨, 잠시 이웃집 칼레톤 여사의 딸에게 좀 다녀와도 될까요?"

그녀가 마르타에게 물었다.

"물론이지."

"하지만 나갈 때 뒷문을 잠그고 가렴. 난 계속 위층에 있을 거니까 말이야."

"알겠습니다. 아가씨."

그녀는 기뻐하며 당장 그녀의 친구를 만나러 달려갔고, 그 큰 집에 마르타 혼자 남게 된 것이었다. 그녀는 새로 산 책을 몇 페이지 읽다가 재미가 없는지 자수를 놓기 시작했다. 하지만 그것도 오래가지 않았고, 자신이 가장 좋아하는 인형을 가지고 손님 놀이를 했다.

아울러, 갑자기 몇 달 동안 다락방에 처박아 두었

던 인형의 집이 생각났고 먼지를 털어 다시 조립해야겠다고 생각했다. 구불구불한 계단을 올라가 지붕 바로 아래 위치한 큰 방으로 들어갔다.

그 방에는 지붕창이 3개나 있어 꽤 밝았고 공기도 좋았다. 상자들과 큰 가방, 낡은 카펫과 망가진 가구들이 벽을 따라 쌓여 있었고 못 입는 옷들과 여러 가지 자질구레한 것들이 많이 놓여 있었다. 이런 모습의 다락방은 흔히 볼 수 있는 것이니 더 이상 구체적인 설명은 하지 않겠다.

한참을 이곳저곳 뒤져보던 마르타는 굴뚝 근처 모퉁이에서 인형의 집을 발견하였다. 그녀는 인형의 집을 꺼내다가 뒤쪽에 있던 검정색 나무 상자 하나를 발견하였다. 그것은 월터 삼촌이 수년 전 마르타가 태어나기도 전에 이탈리아에서 보낸 상자였다. 이전에 이 상자에 대해 엄마가 말씀하셨던 기억이 났다. 상자를 열 수 있는 열쇠가 없었는데 삼촌이 자신이 집에 돌아올 때 직접 열고 싶어 했기 때문이다.

하지만 사냥꾼이었던 삼촌은 코끼리들을 잡으러 아프리카에 간 이후로 전혀 소식을 알 수 없게 되었다. 마르타는 호기심 가득한 표정으로 상자를 바라보았고 그 안에 무엇이 들어있을지 궁금해 못 견딜 지경이었다.

꽤 큰 상자였다. 엄마의 여행 가방보다도 훨씬 컸다. 상자 전체에 녹이 슨 황동 못으로 박혀있었고 상당히 무거웠다. 마르타가 상자 한 쪽을 들어 올려 보려 했지만 꿈쩍도 하지 않았다. 뚜껑 옆쪽을 자세히 보니 열쇠 구멍처럼 생긴 것이 보였다. 그녀는 허리를 숙여 그 구멍을 자세히 들여다보았다. 꽤 큰 열쇠가 필요해 보였다.

호기심 많은 마르타는 상자 안에 무엇이 있는지 확인하고 싶어 몸이 근질근질 못 견딜 지경이었다.

'월터 삼촌은 영원히 안 돌아올지도 몰라.'

마르타가 생각했다.

'아빠는 코끼리가 삼촌을 죽였다고 말했었어. 만약 내게 열쇠가 있다면 좋을 텐데.'

그 순간 마르타는 표정이 환해지며 신나게 손뼉을 쳤다. 리넨 옷장 안 선반에 열쇠들이 담긴 큰 바구니가 생각났기 때문이다. 바구니 안에는 다양한 모양과 크기를 가진 열쇠들이 있었다. 그 중 하나는 분명 이 상자의 열쇠가 틀림없었다.

마르타는 당장 계단을 뛰어 내려가 바구니를 찾아 들고는 다시 다락방으로 올라왔다. 상자 앞에 야무지게 앉아서는 열쇠들을 하나씩 꺼내 구멍 안에 넣어 보았다.

대부분의 열쇠들은 구멍에 비해 너무 작았고 더러 지나치게 큰 열쇠들도 있었다. 어떤 열쇠는 구멍에 딱 맞았지만 돌아가지가 않았다. 또 어떤 열쇠는 구멍에 쑥 들어간 채 빠져나오지 않아 기를 쓰고 겨우 빼냈다.

어느덧 바구니 속에는 열쇠가 몇 개 남아있지 않

았다. 그 중 희한한 모양의 낡은 청동 열쇠를 구멍에 넣어 보았다. 열쇠가 구멍에 딱 맞았다.

마르타는 기쁨의 환호성을 지르며 양손으로 열쇠를 쥐고 옆으로 돌려보았다. 딸깍 소리가 나며 상자의 뚜껑이 저절로 열리는 것이다! 마르타는 몸을 구부려 상자 안을 들여다보다가 깜짝 놀라 뒷걸음질 쳤다.

한 남자가 상자 안에서 천천히 걸어 나왔다. 그는 기지개를 켜더니 모자를 벗고는 놀란 상태로 서 있는 마르타에게 정중히 인사하였다. 그는 키가 꽤 컸으며 마른 몸집에 얼굴은 햇볕에 그을린 모습이었다. 순간 또 다른 남자가 상자 안에서 나왔다. 그는 아직 잠이 덜 깬 듯 눈을 비비고 하품을 하며 나왔다. 첫 번째 남자보다는 키가 작았지만 그와 같이 검게 탄 피부를 갖고 있었다.

마르타는 여전히 무슨 일인가 싶어 입을 다물지 못하고 있었다. 그것이 끝이 아니었다. 상자에서는 세 번째 남자가 나오고 있었다. 그의 피부는 나머지 둘과 비슷했지만 보다 키가 작고 통통한 몸집을 가지고 있었다.

세 남자는 모두 특이한 차림을 하고 있었다. 금술 장식이 된 짧은 레드벨벳 재킷과 은색 단추가 달린 하늘색 새틴 소재의 반바지를 입고 있었다.

빨강 노랑 파랑 리본이 달린 스타킹을 신고 있었으며 챙이 넓은 모자를 쓰고 있었다. 모자의 정수리 부분은 굉장히 뾰족했으며 그 위에 달린 커다란 밝은 색 리본들이 펄럭거리고 있었다. 또한 그들은 커다란 금 귀걸이를 하고 칼과 권총을 차고 있었다. 까만 눈은 반짝반짝 빛나고 끝이 돼지 꼬리 같은 꼬불꼬불한 긴 턱수염은 꽤 험악한 인상을 풍기고 있었다.

"이런! 너희 너무 무거운 거 아니냐!"

뚱뚱한 남자가 재킷을 당기며 반바지에 묻은 먼지를 털어내고 있었다.

"저 안에 찌그러져서 꼼짝도 못했잖아!"

"일부러 그런 게 아니다, 루이기."

마른 남자가 대답했다.

"상자 뚜껑이 나를 꾹 누르는 바람에 어쩔 수 없었어. 일부로 그런건 아니야."

"나는 말이지…"

두 번째 남자가 담배에 불을 붙이며 말했다.

"오랜 세월 동안 가장 친한 친구로 지내왔는데, 우리 사이에 별 것 아닌 일로 너무 몰아붙이지는 말아라."

"이곳에서 담배를 피우면 안 돼요!"

남자가 담뱃불을 붙이는 모습에 겨우 정신을 차린 마르타가 소리쳤다.

"집에 불이 날지도 몰라요!"

그녀가 있는지도 몰랐던 두 번째 남자가 그녀의 말소리에 고개를 돌리며 정중히 말했다.

"숙녀분께서 그렇게 말씀하신다면 당장 꺼야죠."

그는 바닥에 담배를 던지고는 발로 불을 비벼 껐다.

"당신들은 누구죠?"

겁에 질린 마르타는 상기 된 얼굴로 그들에게 물었다.

"그럼 저희 소개를 하겠습니다."

첫 번째 마른 남자가 모자를 벗어 기품 있게 흔들어보였다.

"제 이름은 루이지입니다."

마지막 뚱뚱한 남자가 고개를 숙이며 말했다.

"저는 베니입니다."

두 번째 남자 역시 고개를 살짝 숙이며 인사했다.

"제 이름은 빅토르입니다. 저희는 이탈리아 도적들입니다."

"도적들이라고요?!"

마르타는 잔뜩 겁에 질린 표정으로 소리쳤다.

"그렇습니다. 우리는 아마 세상에서 가장 험악하

고 사나운 도적들일 겁니다."

빅토르가 자랑스러운 표정으로 말했다.

"그렇고 말고."

루이지 역시 고개를 끄덕이며 맞장구를 쳤다.

"하지만 도적질은 나쁜 짓이잖아요!"

마르타가 소리쳤다.

"맞는 말입니다."

빅토르가 대답했다.

"우리는 엄청나게 나쁜 사람들입니다. 아마 이 세상에서 우리보다 사악한 자들은 없을 겁니다."

"그렇고 말고."

루이지가 다시 한 번 그의 말에 맞장구를 쳤다.

"그러면 안 되잖아요!"

소녀가 말했다.

"그것은… 그것은… 아주 못된 짓이니까요!"

빅토르는 눈을 내리깔더니 이내 얼굴이 빨개졌다.

"못된 짓이라!"

베니는 한숨을 내뱉더니 꽤 충격 받은 표정이었다.

"어려운 단어로군."

루이지는 두 손으로 얼굴을 감싸며 슬픈 목소리로 말했다.

"믿을 수가 없다."

목이 메인 듯 빅토리가 중얼거렸다.

"작은 소녀에게 이런 말을 듣게 되다니! 아주 무례하군요. 꼬마 아가씨. 우리의 사악함은 나름대로의 목적과 이유가 있는 겁니다. 생각해 보세요. 만약 우리에게 사악함이 없다면 어떻게 도적이 될 수 있을까요?"

마르타는 당황한 표정으로 고개를 저었다. 순간 머릿속에 무언가가 떠올랐다.

"당신들은 더 이상 도적으로 살 수 없어요."

그녀가 말했다.

"당신들은 이제 미국으로 왔으니까요!"

"미국이라니?!"

그들이 한 목소리로 외쳤다.

"네, 맞아요. 당신들은 지금 시카고의 프레리가(街)에 와있어요. 월터 삼촌이 이탈리아에서 당신들을 상자에 넣어 이곳으로 보냈어요."

그 말을 들은 도적들은 굉장히 당황한 듯 보였다. 루이지는 아래쪽 막대 부분이 부러진 낡은 의자에 앉아 손수건으로 이마를 닦았다.

베니와 빅토르는 상자 위에 드러누워 놀란 가슴이 진정되지 않아 하얗게 질린 마르타를 말없이 바라보고 있었다. 가까스로 정신을 차린 빅토르가 입을 열었다.

"당신 삼촌 월터가 우리에게 아주 큰 잘못을 저질렀군요."

그가 원망스러운 목소리로 말했다.

"우리의 고향 이탈리아에서는 도적들이 큰 존경

을 받습니다. 그런데 우리를 이런 낯선 나라로 오게 하다니! 무엇을 훔쳐야 할지도, 그 대가로 얼마의 돈을 요구해야 할지도 모르는데 말이죠!"

"그렇고 말고!"

루이지가 자신의 다리를 철썩 때리며 외쳤다.

"게다가 우리는 이탈리아에서 꽤 명성이 있는 도적들입니다!"

베니가 애석한 표정으로 말했다.

"아마 삼촌은 당신들을 변화시키고 싶었나보죠."

마르타가 말했다.

"그럼 시카고에는 도적이라는 것이 없다는 말인가요?"

빅토르가 물었다.

"글쎄요."

그의 물음에 당황한 소녀는 얼굴이 붉어졌다.

"도적이라고 불리는 직업은 없어요."

"그럼 우리는 무슨 일을 해서 먹고 살아야 하는

겁니까?”

베니가 낙담하며 물었다.

“미국에서는 할 수 있는 일이 아주 많아요.”

소녀가 말했다.

“우리 아빠는 변호사이고요.”

“우리 엄마의 사촌은 수사관이에요.”

“아.”

빅토르가 말했다.

“그것 참 훌륭한 직업이군요. 경찰들도 수사 받아요. 특히나 이탈리아에서는 더…”

“이탈리아뿐만 아니라 모든 나라에서 그렇지!”

베니가 끼어들었다.

“다른 일들도 많아요.”

마르타는 달래듯이 말을 이어갔다.

“전차 운전사가 될 수도 있고 백화점 점원으로 일할 수도 있어요. 아니면 시의원이 될 수도 있고요.”

도적들은 애석해하며 고개를 내저었다.

"우리에게는 그런 일이 어울리지 않습니다."

빅토르가 말했다.

"우리는 평생 도적으로만 살아왔으니까요."

마르타는 그 말을 듣고 곰곰이 생각해보았다.

"가스공사 같은 곳에서 일하기는 어려울지 몰라요."

그녀가 말했다.

"하지만 정치인은 될 수도 있을 거 같아요!"

"그건 안 됩니다!"

베니가 강하게 소리쳤다.

"우리의 천직을 버릴 수는 없습니다. 우리는 평생 도적질을 하며 살아왔고 앞으로도 영원히 도적으로 살아야 합니다!"

"맞아!"

루이기가 맞장구를 쳤다.

"시카고에서도 분명 우리가 도적질 할 사람들이

있을 겁니다."

빅토르가 희망 찬 목소리로 말했다. 마르타는 몹시 속상했다.

"사람들에게 도적질을 할 순 없어요."

그녀가 반박했다.

"그럼 우리는 도적들의 물건을 빼앗으면 되겠군요. 우리의 능력과 경험은 그 누구보다도 뛰어나니까 말이죠."

베니가 말했다.

"아, 안돼요. 제발!"

마르타가 울먹였다.

"월터 삼촌이 왜 당신들을 이곳에 보냈을까요?"

도적들은 소녀의 물음에 관심을 보였다.

"우리도 그 이유를 알고 싶습니다."

빅토르가 앞으로 나서며 대답했다.

"하지만 아무도 그 이유를 모를 거 에요. 월터 삼촌은 아프리카에서 코끼리를 사냥하던 중에 실종

됐거든요."

그녀는 확신에 찬 목소리로 말했다.

"그렇다면 우리는 도적의 운명을 받아들이고 우리가 가진 능력을 최대한으로 사용할겁니다."

빅토르가 말했다.

"우리의 일을 부끄러워하지 않고 성실하게 해나갈겁니다."

"옳소!"

루이기 역시 외쳤다.

"형제들이여! 지금 당장 시작하자! 여기, 이 집부터 털어보자!"

"좋다!"

그들이 벌떡 일어서며 외쳤다. 베니는 꽤 위협적인 표정으로 소녀를 바라보았다.

"이곳에 꼼짝 말고 가만히 있으세요!"

그가 명령했다.

"한 발짝이라도 움직이면 가만 두지 않을 겁니

다!"

그러더니 조금 부드러워진 목소리로 덧붙였다.

"너무 무서워하지는 마세요. 모든 도적들이 조금 거칠게 말할 뿐입니다. 아무리 도적이라도 어린 소녀를 해치지 않습니다."

"그렇고 말고."

빅토르가 맞장구를 쳤다. 루이지는 허리띠에서 커다란 칼을 꺼내더니 머리 위로 흔들어 보였다.

"모두 준비됐는가!"

그가 우악스럽게 외쳤다.

"준비됐다!"

베니 역시 격렬한 목소리로 외쳤다.

"다 부셔버리자!"

빅토르가 사나운 목소리로 낮게 말했다. 그들은 권총을 꽉 움켜쥐고 이로 칼을 꽉 문채 몸을 숙여 계단 아래로 살금살금 내려갔다. 마르타는 너무나도 겁에 질린 상태라 소리를 질러 도움을 청할 생각도 못하고 있었다.

그녀는 꽤 오랜 시간 동안 다락방에 홀로 남겨져 있었다. 한참이 지나고 마침내 고양이 발소리 같은 것이 들려왔고 도적들이 일렬로 계단을 올라오고 있었다. 그들의 양 팔에는 엄청난 양의 것들이 들려 있었다.

루이기는 마르타 엄마의 이브닝드레스를 잔뜩 훔쳐왔는데 그 더미 위에 민스파이(고기를 갈아 만든 동그란 파이)를 얹으며 균형을 맞추고 있었다.

빅토르는 양손 가득 장식품들을 쓸어 왔는데 나뭇가지모양의 촛대와 거실에 걸어둔 시계 등이었다. 베니는 성경책과 탁자 위에 놓여있던 은그릇들, 그리고 청동 주전자와 아빠의 모피코트를 들고 있었다.

"아, 좋다!"

빅토르가 들고 있던 것들을 내려놓으며 외쳤다.

"한 번 더 하고 싶다!"

"아주 좋은 생각이야!"

베니가 말했다. 그 순간 주전자가 그의 발등 위로 떨어졌고 그는 너무 아파 어쩔 줄 몰라 하며 알아들을 수 없는 이탈리아어로 중얼거렸다.

"이 정도면 충분해."

빅토르가 민스파이를 하나 쥐며 말했다. 루이기는 자신이 가져온 것들을 쌓아올리고 있었다.

"단지 이 집 한 채만을 털었을 뿐인데 말이야! 미국은 부유한 나라임에 틀림없어."

그는 작은 칼로 파이를 잘라 나머지 둘에게 나눠 주었다. 마르타가 안타깝게 그들을 바라보는 동안에도 아무렇지 않게 바닥에 앉아 파이를 먹기 시작했다.

"동굴이 필요합니다. 이 물건들을 안전하게 보관해야하는데, 비밀스러운 동굴을 알려주시겠습니까, 아가씨?"

베니가 물었다.

"매머드 동굴이 있어요."

그녀가 대답했다.

"켄터키에 있어요. 차를 타고 한참을 가야만 하는 곳이에요."

도적들은 조용히 파이를 먹으며 생각에 잠긴 듯 보였다. 갑자기 초인종이 울렸고 그들은 깜짝 놀랐다. 벨소리는 현관에서 멀리 떨어진 다락방에서도 생생히 들릴 정도였다.

"누가 온 겁니까?"

빅토르가 잠긴 목소리로 물었다. 그리고 이내 칼을 챙기며 허둥지둥 일어났다.

마르타가 창문으로 달려가 밖을 내다보니 집배원이 온 것이었는데 그는 우편함에 편지를 넣고는 바로 가버렸다. 순간 그녀에게 이 골치 아픈 도적들을 없앨 좋은 생각이 떠올랐다. 그녀는 몹시 아픈 듯 손목을 비틀며 연기하기 시작했다.

"경찰이에요!"

도적들은 어쩔 줄 몰라 하며 서로를 쳐다보고 있었다. 루이지가 바들바들 떨며 물었다.

"경찰이 많이 왔나요?"

"100명하고도 20명이나 더 온 것 같아요!"

마르타가 손가락으로 수를 세는 흉내를 내며 외쳤다.

"이제 꼼짝없이 잡혔구나!"

베니가 소리쳤다.

"그렇게 많은 경찰을 이길 방법이 없다."

"무장경찰들인가요?"

이번에는 빅토르가 마르타에게 물었는데 그 역시 몸을 오들오들 떨고 있었다.

"네."

그녀가 대답했다.

"그들은 소총과 칼, 권총과 도끼, 그리고… 그리고…"

"그리고 또?"

루이지가 물었다.

"그리고 대포도 가지고 왔어요!"

도적들은 크게 신음했다. 베니가 힘없는 목소리로 말을 이어갔다.

"차라리 우리를 단번에 죽여줬으면 좋겠다. 천천히 고문하지 말고 말이야. 소문에 의하면 미국인들은 생김새만 미국인이지 그 속은 아주 무시무시하고 피에 굶주린 인디언들과 같다고 하던데."

"나도 들은 적이 있다!"

루이지가 여전히 바들바들 떨며 외쳤다. 갑자기 마르타가 창문에서 돌아서더니 물었다.

"당신들은 내 친구들이죠, 그렇죠?"

"우리는 당신을 위해 준비되었습니다!"

빅토르가 대답했다.

"당신을 아주 아끼고 사랑합니다!"

베니 역시 외쳤다.

"당신을 위해 죽을 수도 있습니다!"

루이지는 어쨌거나 죽은 목숨이라 생각하며 그 렇게 소리쳤다.

"그렇다면 당신들을 구해줄게요."

마르타가 말했다.

"어떻게 말이죠?"

도적들이 한 목소리로 물었다.

"상자 안에 다시 들어가세요."

그녀가 대답했다.

"내가 상자 뚜껑을 닫을게요. 그럼 경찰들이 절대 못 찾을 거예요."

하지만 그들은 멍한 표정으로 방 안을 둘러보며 머뭇거렸다.

"얼른 들어가요! 경찰들이 곧 들이닥칠 거예요!"

루이기가 먼저 상자 안으로 들어가 몸을 납작하게 뉘였다. 다음으로 베니가 기어들어가 상자 뒤쪽에 자리를 잡았다.

빅토르는 마지막까지 품위 있는 모습으로 마르

타의 손에 입을 맞춘 후 상자 안으로 들어갔다. 마르타는 얼른 상자 뚜껑을 아래로 눌렀지만 쉽게 닫히지 않았다.

"좀 더 안으로 들어가 봐요!"

그녀가 말했다. 루이지가 신음소리를 냈다.

"이게 최선입니다, 아가씨"

가장 위쪽에 있던 빅토르가 말했다.

"이곳에 처음 올 때보다 상자가 작아진 것 같습니다."

"그러게 말이다!"

가장 아래쪽에 깔려있던 루이지의 목소리가 희미하게 들려왔다.

"이유를 알 것 같아!"

베니가 말했다.

"뭔데?"

빅토르가 물었다.

"파이 때문이야."

베니가 답했다.

"맞네!"

아래쪽에서 희미한 외침이 들려왔다. 마르타는 상자 위에 앉아 온 힘을 다해 뚜껑을 아래쪽으로 누르고 있었다. 마침내 뚜껑이 닫히는 소리가 나자 잽싸게 열쇠를 돌려 잠가 버렸다.

—

이 이야기는 우리에게 남의 일에 쓸데없이 관심을 갖거나 참견하지 말라는 교훈을 준다. 만약 마르타가 월터 삼촌의 상자를 열지 않았더라면 도적들이 훔쳐들고 온 많은 물건들을 다시 원래 자리에 돌려놓을 일도 없었을 테니 말이다.

유리로 만든 개

어느 다세대 주택의 꼭대기 층에 뛰어난 솜씨의 마법사가 살고 있었다. 그는 대부분의 시간을 마법에 대한 연구를 하는 것으로 보냈다.

조상들로부터 전수받은 비법과 책으로 그는 모든 마법을 섭렵할 수 있었고 새로운 마법들을 만들어내기도 했다. 이 마법사는 단 한 가지만 빼고는 아주 만족스러운 생활을 하고 있었다. 바로 매일같이 그를 찾아오는 사람들(그는 관심조차도 없는 이들이었다.) 때문에 연구에 방해를 받는 것이었다.

얼음장수, 우유 배달원, 빵 배달원, 세탁소 주인과 땅콩 파는 여인 등 별별 사람들이 그를 찾아와 계속해서 문을 쾅쾅 두드리는 것이었다.

그는 이 사람들을 만난 적도 없었지만 그들은 이런 저런 이유로, 혹은 그들이 가지고 있는 물건들을 팔기 위해 매일 그의 집 앞에 찾아와 문을 두드렸다.

그가 책에 푹 빠져 있을 때나 물약을 끓이고 있을 때 찾아오는 것은 더욱 골치 아픈 일이었다. 사람들을 쫓아내고 돌아오면 무슨 생각을 하고 있었는지 까먹기 일쑤였고 물약은 이미 다 타버려 쓸 수가 없었다.

멈출 줄 모르는 그들의 방해에 마법사의 분노가 점점 커져만 갔고 그는 문 앞에 개를 하나 두어 사람들을 쫓아내야겠다고 생각했다. 하지만 개를 어디서 구해야할지 몰랐다. 마침 옆방에 그나마 안면

이 있는 가난한 유리세공인이 살고 있다는게 떠올랐고 그를 찾아가 물었다.

"개를 한 마리 키우려고 하는데 어디에서 구할 수 있습니까?"

"어떤 종류의 개를 말하는 겁니까?"

유리세공인이 물었다.

"훌륭한 개를 찾고 있습니다. 낯선 사람들이 오면 짖는 그런 개 말이죠. 크게 손이 가지 않고 먹이도 줄 필요 없는 그런 개이면 좋겠군요. 벼룩도 없고 깔끔한 종에다가 내 말에 순순히 복종하는 개면 좋겠습니다. 한마디로 '똑똑하고 훌륭한 개'라 하면 되겠군요." 마법사가 답했다.

"그런 개는 찾기 힘들 겁니다."

유리세공인이 대답했다. 그는 초록색 유리나뭇잎과 노란 유리장미가 가득하고 분홍색 유리장미나무로 장식 한 파란 화병을 만드느라 굉장히 바빠 보였다. 마법사는 그의 모습을 바라보며 생각에 잠졌다. 곧, 그가 물었다.

"당신이 유리로 개를 한 마리 만들어 주면 어떻습니까?"

"만들어 줄 수는 있습니다."

그가 대답했다.

"하지만 그것은 진짜 개가 아니라 짖지는 못할 겁니다."

"그게 문제라면 내가 해결 하겠습니다. 그런 마법은 식은 죽 먹기죠."

마법사가 대답했다.

"좋습니다. 만약 유리 개라도 좋다면 기꺼이 하나 만들어 줄 수 있습니다. 그에 대한 대가가 지불된다면 말이죠."

"그렇고말고요." 마법사가 답했다.

"하지만 나에게는 돈이라는 이름의 진저리나는 물건은 없습니다. 대신 내가 가지고 있는 물건들 중 당신이 원하는 것을 말하면 됩니다."

유리세공인은 곰곰이 생각에 잠긴 모습이었다.

"내 류머티즘을 치료할 만한 약이 있습니까?"

그가 물었다.

"물론이죠. 어렵지 않습니다."

"그럼 좋습니다. 당장 개를 만들겠습니다. 어떤 색깔의 유리로 만들까요?"

"분홍색이 예쁠 것 같군요."

마법사가 대답했다.

"분홍색 개는 흔하지 않잖아요, 그렇죠?"

"굉장히 드물죠." 유리세공인이 대답했다.

"좋습니다, 분홍색 유리로 만들겠습니다."

마법사는 다시 자신의 집으로 돌아갔고 유리세공인은 개를 만들기 시작했다.

다음 날 아침, 유리세공인은 완성 된 유리 개를 들고 마법사를 찾아가 조심스럽게 탁자 위에 개를 올려놓았다. 개는 아름다운 분홍빛에 유리로 만든 고운 털을 가지고 있었고, 그의 목에는 파란색 유리

끈이 묶여있었다.

검은 유리로 박힌 두 눈은 반짝반짝 빛나고 있었는데 마치 사람 눈빛처럼 총명해 보였다. 마법사는 그의 솜씨에 크게 기뻐하며 작은 유리병 하나를 건네주었다.

"이 안에 든 물약이 류머티즘을 낫게 해줄 겁니다."

그가 말했다.

"안에 아무것도 보이지 않는데요?"

유리세공인이 퉁명스럽게 말했다.

"아닙니다. 마법의 물약 한 방울이 들어있습니다."

"단 한 방울로 류머티즘이 낫는다는 말입니까?"

유리세공인이 놀랍다는 듯 물었다.

"틀림없습니다. 아주 효과가 좋을 겁니다. 이 병 안에 든 물약은 이 세상 모든 질병을 낫게 할 수 있습니다. 특히, 류머티즘에 효과가 좋습니다. 특별히 주의를 기울여 보관하셔야 합니다. 이 세상에 단 한 방울 밖에 없는 것인데다가 이 묘약을 만드는 방법을 잊어버렸기 때문입니다."

"고맙습니다."

유리세공인은 유리병을 들고 자신의 집으로 돌아갔다.

마법사는 유리 개에다 그럴 듯하게 들리는 마법의 주문들을 읊었다. 그러자 작은 유리 개는 꼬리를 살랑살랑 흔들기 시작하더니 이내 왼쪽 눈을 찡긋해 보였다. 그러더니 분홍색 유리로 만든 개가 짖는 소리라고는 상상하기 어려울 만큼 사나운 모습으로 짖어대기 시작했다.

마법사들은 종종 눈앞에서 보고도 믿지 못할 놀라운 마술들을 선보인다. 마법사는 자신의 마법이 통하자 몹시 기뻐하였지만 의례 있는 일이기에 놀라지는 않았다. 즉시 그 개를 문 앞에 묶어두고는 문을 두드려 자신의 연구를 방해하는 이들을 내쫓아버릴 수 있도록 하였다.

집으로 돌아온 유리세공인은 한 방울밖에 없는 마법의 물약을 그 자리에서 바로 마시지 않기로 했다.

"오늘은 크게 아프지 않군."

그는 생각했다.

"많이 아플 때까지 잘 아껴뒀다가 유용하게 써야지."

그는 찬장 안에 물약을 넣어두고 아까 하던 유리 장미 작업을 다시 시작했다. 하지만 그는 물약을 오래 놓아두면 안 될 것 같아 마법사에게 물어보러 갔다. 하지만 마법사의 집 앞에 묶여있던 개가 너무 사납게 짖는 바람에 그는 노크를 해보지도 못하고 어쩔 수 없이 집으로 돌아와야만 했다. 그는 자신이 심혈을 기울여 만든 유리 개에게 막상 그런 대접을 받으니 너무나도 화가 났다.

다음 날 아침 유리세공인은 신문을 보다가 도시

에서 가장 아름답고 부유한 여인 마이다스에 대한 기사를 읽게 되었다. 그녀는 의사들이 모두 치료를 포기하여 죽음을 앞에 둔 절망적인 상태였다.

형편이 넉넉지 않았지만 성실하게 살았던 그는 마법사에게 받아온 물약을 더 좋은 곳에 쓰기로 결심했다. 가지고 있던 옷들 중 가장 좋은 옷을 골라 입고는 머리도 단정히 빗고 구레나룻도 말끔히 다듬었다.

그는 손도 깨끗이 씻고 옷매무새를 가다듬은 후 주머니 안에 마법의 물약을 챙겨 넣었다. 문을 잠그고는 계단을 내려가 마이다스 여인이 사는 대저택으로 발걸음을 재촉했다. 여인의 대저택을 관리하는 집사가 문을 열고는 소리쳤다.

"비누, 석판화, 채소, 헤어오일, 책, 베이킹파우더 어떤 것도 필요 없습니다. 아가씨께서는 곧 돌아가실 것이고 장례식에 필요한 물품들도 이미 다 준비해놓은 상태입니다."

유리세공인은 자신을 잡상인 취급하는 것이 영 못마땅했다.

"이보시오."

그가 말을 하려했지만 집사는 그의 말을 싹둑 잘랐다.

"묘비도 필요 없습니다. 가족묘지가 있고 기념비도 이미 세워져 있습니다."

"내 말 좀 들어보시오. 내 말 한마디면, 아가씨의 묘지 따위는 준비할 필요도 없을 것입니다."

유리세공인이 말했다.

"의사도 필요 없습니다. 이미 모든 의사들이 치료를 포기했습니다. 그녀 역시 치료 받기를 포기하셨고요."

집사는 차분한 목소리로 말을 이어갔다.

"나는 의사가 아닙니다."

유리세공인이 말했다.

"그럼 무슨 일로 이곳에 온 것입니까?"

"내가 가진 마법의 물약이 아가씨를 낫게 할 수 있습니다."

"그럼 일단 들어오세요. 앉아서 기다리시면 가정부에게 말을 전하겠습니다."

집사는 왠지 좀 더 공손해진 말투였다. 그는 가정부에게 유리세공인의 말을 전했고 가정부는 관리인에게, 관리인은 요리사에게 그 말을 전하였다. 요리사가 그녀의 하녀에게 말을 전하고서야 유리세공인은 여인을 만날 수 있었다.

그녀는 죽어가는 순간까지도 많은 이들에게 둘러 쌓여있었다. 하녀는 유리세공인이 여인을 낫게 할 묘약을 가지고 있다는 말을 듣고 굉장히 기뻐했다.

"와주셔서 고맙습니다."

"하지만 조건이 하나 있습니다."

그가 말했다.

"내가 아가씨의 병을 낫게 한다면, 그녀는 나와

결혼해주어야 합니다."

"제가 아가씨에게 여쭤보겠습니다."

하녀는 당장 마이다스 여인에게로 달려갔다. 그 여인은 조금도 망설이지 않고 답했다.

"병을 낫게만 해준다면 그가 누구든 당장 그와 결혼하겠다!"

그녀가 소리쳤다.

"얼른 그를 내 앞으로 데리고 오거라!"

그렇게 유리세공인은 여인을 만나게 되었고 그녀는 그가 준 마법 물약을 물에 타서 마셨더니 언제 아팠냐는 듯 곧바로 건강했던 모습을 되찾게 되었다.

"아, 맞다!"

그녀가 소리쳤다.

"오늘 밤 프리터스의 연회에 가기로 했는데! 마리, 내 진주색 실크 드레스를 가지고 오거라. 얼른 준비해야겠구나. 그리고 장례식 꽃과 예복을 취소

하는 것을 잊지 말아라."

"하지만, 아가씨."

가만히 서있던 유리세공인이 말을 꺼냈다.

"병이 낫게 되면 저와 결혼하기로 약속하지 않으셨습니까."

"알고 있다."

그녀가 대답했다.

"먼저 신문에 공식 발표를 해야 하고 청첩장도 만들어야 한다. 내일 다시 얘기하자."

사실 유리세공인은 그녀에게 매력적인 남자가 아니었다. 그녀는 잠시 동안만이라도 그와 떨어져 있는 시간을 만들어낸 것이었다. 게다가 프리터의 연회도 놓치고 싶지 않았다. 하지만 그 사실을 알 리가 없는 유리세공인은 크게 기뻐하며 집으로 돌아왔다. 그는 자신의 작전이 통했다고 생각하며 부유한 여인과 결혼하여 평생 아무 걱정 없이 살 수 있을 것이라 상상했다.

그는 방에 들어오자마자 모든 작업 도구들을 깨뜨려 부수고 창밖으로 내다 던져버렸다. 그리고 바닥에 앉아 곧 부인이 될 그녀의 돈을 어떻게 쓰면 좋을지 곰곰이 생각해보았다.

다음날 그는 여인을 만나러 갔다. 그녀는 언제 아팠냐는 듯 편안하게 초콜릿 크림을 먹으며 책을 읽고 있었다.

"그 물약을 어디서 구했는가?"

그녀가 물었다.

"유능한 마법사에게서 얻었습니다."

그리고는 자신이 마법사에게 만들어준 유리 개 이야기로 그녀의 관심을 끌었다. 그 유리 개가 어떻게 짖는지, 어떻게 낯선 이들을 쫓아내는지도 함께 들려주었다. 이야기를 들은 그녀는 대답했다.

"이런 신기한 일이! 나도 짖을 수 있는 유리 개를 가지고 싶구나!"

"안타깝게도, 그 유리 개는 이 세상에 단 하나뿐

이고 마법사가 가지고 있습니다."

그가 대답했다.

"그 유리 개를 마법사에게서 다시 사 오거라."

여인이 명령했다.

"하지만 마법사는 돈에 전혀 관심이 없습니다."

유리세공인이 말했다.

"그렇다면 그 개를 몰래 훔쳐와 다오."

그녀가 지지 않고 말했다.

"그 개 없이는 단 하루도 행복하게 살 수 없을 것 같다."

유리세공인은 어려울 것이라 생각했지만 그가 할 수 있는 최선을 다해보겠다고 말했다. 그는 자신의 부인을 기쁘게 하는 일이라면 뭐든 해야만 한다고 생각했고 그녀가 일주일 내에 자신과 결혼하기로 약속한 것을 철석같이 믿고 있었기 때문이다.

집으로 돌아가는 길에 그는 커다란 자루를 하나 샀다. 마법사의 집 앞을 지나는 순간 역시나 유리 개가 달려 나와 마구 짖어댔다. 그 순간 자루를 냅다 던져 유리 개를 집어넣고 노끈으로 자루 입구를 꽁꽁 묶었다. 그리고 재빨리 집으로 돌아왔다.

다음날 자루 안에 그의 마음을 담은 메시지를 써서 마이다스에게 보냈다. 마이다스가 자신이 그녀를 위해 한 일에 좋아할 것이라 생각하며 가벼운 발걸음으로 그녀를 찾아갔다. 하지만 집사가 문을 열어주자마자 유리 개가 뛰쳐나와서는 격하게 짖어대는 것이었다.

"이 개를 좀 치우시오!"

그는 겁에 질린 채 소리쳤다.

"죄송하지만, 안됩니다."

집사가 대답했다.

"아가씨께서 당신이 올 때마다 유리 개에게 짖도록 명령하였습니다. 조심하시는 게 좋겠습니다."

그가 덧붙여 말했다.

"이 개에게 물리면, '유리공포증'이 생기지 않을

까요?."

유리세공인은 잔뜩 겁에 질려 어쩔 수 없이 되돌아왔다. 그는 남아있는 마지막 동전으로 약국 앞에 있는 공중전화에서 전화를 했다. 전화로는 개에 물릴 위험 없이 그녀와 이야기 할 수 있다고 생각했기 때문이다.

"안녕하세요. 무슨 일이시죠?"

"마이다스 아가씨와 통화하고 싶습니다."

유리세공인이 답했다. 곧 고운 목소리의 여인이 대답했다.

"마이다스입니다. 누구시죠?"

"내가 훔쳐다 준 유리 개에 그런 명령을 하다니, 어떻게 이럴 수 있습니까?"

불쌍한 유리세공인이 물었다.

"음, 솔직하게 말하자면…."

그의 목소리를 알아챈 여인이 말했다.

"사실 너의 생김새가 마음에 들지 않는다. 얼굴

에 핏기도 없고 살도 쳐졌으며 머리카락은 아주 거칠고 덥수룩하구… 작은 눈은 시뻘겋기만 하고 손도 아주 거칠거칠하지 않느냐. 게다가 밭장다리이기까지 하니 말이다."

"생긴 것은 제가 어찌할 수 있는 것이 아니잖습니까!"

그가 간절히 애원하듯 말했다.

"그리고 아가씨는 분명 저와 결혼하기로 약속했습니다."

"만약 네 생김새가 조금이라도 볼만했다면 기꺼이 그 약속을 지켰을 것이다. 하지만 어떤 점을 봐도 나와 맞는 점이 없구나. 우리 집에서 멀리 떨어지지 않으면 다시 유리 개를 내보내겠다!"

냉담한 말투로 그녀는 전화를 뚝 끊어버렸다. 비참해진 유리세공인은 집으로 돌아와 몹시 실망스러운 마음에 스스로 목을 매기 위해 침대 기둥에 밧줄을 묶기 시작했다.

그 때 누군가가 문을 두드려 열었더니 마법사가 서있었다.

"개를 잃어버렸습니다."

그가 절망스러운 표정으로 말했다.

"정말입니까?"

그는 밧줄을 묶으며 대답했다.

"네. 누군가 훔쳐간 것 같습니다."

"안됐군요."

유리세공인은 별 관심 없다는 투로 대꾸했다.

"다른 개를 하나 더 만들어 주시오."

마법사가 말했다.

"그건 안 됩니다. 도구들을 다 버렸거든요."

"그럼 다른 방법은 없습니까?"

마법사가 물었다.

"글쎄요. 사례금을 걸어 개를 찾는 방법이 있긴 한데…"

"하지만 돈이 없습니다."

마법사가 답했다.

"그럼 돈 대신 마법의 물약을 내걸기라도 해보시오."

유리세공인은 목을 맬 밧줄의 올가미를 만들며 말했다.

"하나 남은 묘약이 있긴 한데 말이죠."

그는 생각에 잠긴 채 대꾸했다.

"아름다워지는 가루가 있습니다."

"정말입니까?"

세공인은 밧줄을 내팽개치며 큰 소리로 되물었다.

"정말 그런 것을 가지고 있단 말입니까?"

"그렇습니다. 그 가루를 마시면 누구든 이 세상에서 가장 아름답고 멋진 모습으로 변하게 될 것입니다."

"만약 내게 그 가루를 준다면…"

세공인이 열의에 가득 찬 모습으로 말했다.

"당장 당신의 개를 찾으러 가겠습니다. 그 가루는 지금 당장 내게 필요한 것입니다."

"겨우 겉모습만 변할 뿐입니다. 당신의 내면까지 모두 변하는 것은 아니라는 말입니다."

마법사가 말했다.

"상관없습니다. 겉모습만 바뀌면 됩니다."

세공인이 대답했다.

"그렇다면, 내 개를 찾아주시오. 가루를 주겠습니다."

마법사가 약속했다. 유리세공인은 얼른 밖으로 나가 개를 찾는 척하다 얼마 지나지 않아 돌아왔다.

"개를 찾았습니다. 마이다스 여인의 집에 당신의 개가 있습니다."

마법사는 곧 바로 그의 말이 진짜인지 확인하러 갔다. 유리 개가 달려 나와 그를 향해 짖어대기 시작했다. 마법사가 손을 뻗어 주문을 외웠더니 개가 단번에 깊은 잠에 빠져들었다. 그러자 마법사는 잠든 개를 들고 자신의 집으로 돌아갔다. 그리고 마법의 가루를 들고 유리세공인에게 갔다.

그가 가루를 마시자마자 세상에서 가장 멋진 모습으로 변하였다. 유리세공인은 마이다스 여인을 찾아갔을 때 그를 보고 달려드는 개도 없었고 여인은 그의 모습을 보고 첫눈에 반해 버렸다.

"당신이 백작이거나 왕자라면 좋겠군요."

그녀가 탄식했다.

"그럼 당장 당신과 결혼할 텐데 말이죠."

"저는 왕자입니다."

그가 대답했다.

"개를 만드는 왕자입니다."

"아!" 그녀가 외쳤다.

"결혼 후 일주일에 4달러의 용돈이 괜찮다면, 당장 청첩장을 만들도록 하겠습니다."

그는 잠시 망설였지만 스스로 목을 매려고 한 비참했던 지난 날을 떠올리며 그녀의 조건에 따르기로 했다.

그들은 부부가 되었다. 그는 지난 날의 설움을 잊을 수 있었지만, 마이다스는 남편의 외모를 몹시 질투해 함부로 대하는 비참한 상황이 되었다.

아, 유리 개의 이야기를 하자면, 마법사가 마술을 걸어 다시 마법사의 집 앞에 묶어서 그를 방해하는 사람들로 하여금 짖도록 만들었다.

—

이 이야기의 교훈을 말해주러 마법사에게 가야 하는데 그 개가 여전히 그곳에 있을 것 같아 유감이다.

콕 나라의 여왕

그 시대에 사람들이 흔히 그렇듯 콕 나라의 왕 또한 단명하였다. 이 왕은 아주 방탕한 생활을 즐겼기 때문인지 그가 세상을 떠났을 때도 신하들은 어떠한 부재도 느끼지 못했다. 그의 아버지는 그에게 어마어마한 돈과 보석으로 가득 찬 금고를 물려주었지만, 이 어리석은 왕은 그 모든 재산을 흥청망청 쓰는데다가 낭비해버렸다.

그는 살아생전 백성들에게 엄청난 세금을 부과

했고 이로 인해 백성들의 생활은 궁핍해졌고, 거둔 세금으로 더욱 더 방탕한 생활을 즐겼다. 돈을 다 써버리고 난 후에는 성 안의 가구들까지 팔았는데 금과 은으로 만들어진 접시들과 장식품들, 비싼 카펫과 가구들, 심지어 자신이 입고 있던 옷까지 팔았다.

그의 예복 한 벌이 남아있었지만 그것조차 몹시 더러워지고 낡은 상태였다. 어쩌다 그 많은 돈을 단기간에 헤프게 쓸 수 있었는지 이유는 알 수 없지만 이 왕은 누구보다 낭비벽이 심했던 것 같다.(내게 방탕한 생활이 어떻게 사는 것인지 묻지 말기 바란다. 나도 들어서만 알고 있을 뿐이다. 돈을 마구 써서 없애는 데에 가장 탁월한 방법이라고 한다. 돈을 헤프게 쓰는 이 왕이 그 생활을 제대로 실천했던 것이다.)

그는 왕관 위에 장식된 보석들과 그의 옷 위에 달린 동그란 단추까지 팔아 돈을 구했다. 돈이 되는 것은 무엇이든 팔던 왕은 결국 빈털터리가 되었지만 차마 왕관은 팔 수 없었다.

오직 왕만이 쓸 수 있는 것이었기 때문이다. 마찬가지 이유로 그가 살고 있는 성도 팔 수 없었다. 왕을 제외한 다른 누구도 그 안에서 살 수가 없었기 때문이었다.

왕은 유일하게 남아있는 그가 잠을 자는 적갈색 침대 틀과, 신발을 신거나 예복을 입을 때 앉는 작은 의자와 함께 아무도 없는 성 안에 홀로 덩그러니 남아있었다. 그는 형편이 어려운 신하에게 돈을 빌려 샌드위치를 사먹는 처지였다.

어리석은 왕이 다스리는 미래도 당연히 불행해질 수밖에 없는 것이었다. 그렇게 남겨진 왕은 어느 날 갑자기 죽어버렸고 그의 10살짜리 아들에게 남겨준 것이라고는 침대와 의자만 남아있는 성, 낡은 예복, 그리고 보석은 하나도 없는 왕관뿐이었다.

왕이 죽기 전까지 누구도 그의 어린 아들이 왕위를 물려받을 것이라고 생각하지 않았지만, 이제 10

살 아이가 나라에서 가장 중요한 인물이 되었고 벼슬아치들과 이득을 노리고 그의 주위를 얼쩡대는 사람들로 가득했다.

선왕의 직속 신하가 회의까지 주최하며 가장 적극적이었다. 이들은 선왕이 방탕한 생활을 하게 만들었던 사람들이었다. 하지만 이제 그들도 빈털터리가 되었고 어린 왕이 물려받은 금고에 다시 돈을 채워 자신들이 마음대로 쓸 수 있는 방법이 없나 궁리했다. 당에서 팽이를 가지고 놀고 있는 어린 왕에게 신하 한명이 말했다.

"전하, 이 왕국이 예전의 명성을 되찾을 방법이 있습니다."

"음, 어떤 방법 말이냐?"

왕은 딱히 관심 없다는 듯 대답했다.

"아주 부유한 여인과 결혼하시는 겁니다."

신하가 대답했다.

"결혼이라니!"

왕이 소리쳤다.

"나는 겨우 10살이다!"

"알고 있습니다. 나이는 중요하지 않습니다. 모든 대신들이 전하가 그리 해주시길 간청 드립니다."

"대신 어머니와 결혼하면 안 되겠느냐?"

어린 왕은 태어난 지 얼마 안 되어 어머니를 잃었다.

"그러셔서는 안 됩니다."

신하가 말했다.

"어머니와 결혼하는 법은 없습니다. 부인이 될 알맞은 사람을 찾아야 합니다."

"그대가 대신 해줄 순 없는 것이냐?"

왕은 팽이 끝을 신하의 발로 향하게 하며 물었다. 그는 팽이를 피하기 위해 폴짝 뛰는 신하의 모습을 보며 웃음을 터뜨렸다.

"전하, 제가 말씀 올리겠습니다."

다른 신하가 말했다.

"전하는 지금 단 한 푼도 가지고 있지 않습니다. 하지만 왕국을 소유하고 계시죠. 왕비의 자리만 준다면 자신들이 가진 재산을 기꺼이 내줄 부유한 여인들이 아주 많습니다. 비록 전하의 나이가 아주 어리지만 말입니다. 그래서 저희 모두는 콕 나라의 여왕이 되기 위해 가장 높은 금액을 제시하는 여인에게 그 자리를 주는 것이 좋겠다고 결정하였습니다."

"만약 내가 정말 결혼이라는 것을 해야 한다면 말이다…"

왕은 잠시 생각에 잠기더니 말을 이어갔다.

"무기병의 딸인 냐나와 결혼하고 싶구나."

"냐나는 몹시 가난한 여인입니다."

신하가 대답했다.

"그녀의 이는 진주로 만들어졌고 두 눈은 자수정으로 되어있으며 머리카락은 금으로 만들어졌다."

어린 왕이 반박했다.

"예, 전하. 그런 것들은 중요하지 않습니다. 만약

진주로 된 이를 다 뽑아버리고, 자수정으로 된 눈을 뽑아 금발까지 다 잘라낸다면 그녀의 모습이 어떨 것 같습니까?"

어린 왕은 끔찍하다는 듯 몸서리를 쳤다.

"너희 마음대로 해라!"

왕은 포기한 듯 그렇게 외쳤다.

"그래도 나랑 같이 놀 수 있는 여인으로 뽑거라."

"최선을 다하겠습니다."

직속 신하는 다른 왕국에 콕 나라 왕비를 구한다는 소식을 전하러 떠났다. 왕비가 되기 위해 많은 수의 여인들이 자원했고 왕을 경매에 내놓기로 했다. 가장 높은 금액의 돈을 얻기 위해서였다. 경매 날이 되었고 각기 각국에서 온 여인들이 성 앞에 모여들었다. 빌콘, 물그라비아, 준쿰, 심지어 아주 먼 맥벨트 공화국에서 온 여인도 있었다.

직속 신하가 아침 일찍부터 왕의 얼굴을 씻기고 머리를 빗겨주며 신문지를 뭉쳐 왕관 안에 덧대어

주었다. 아직 어린 왕에게는 왕관이 너무 컸기 때문이었다.

참 볼품없는 왕관이었다. 원래 보석들이 박혀있던 자리에는 크고 작은 구멍들만 송송 뚫려있었고 여기저기 굴러다녀 방치된 탓에 녹이 슬고 몹시 낡은 모습이었다. 분명 왕만이 쓸 수 있는 '왕관'이며 오늘처럼 특별한 날에는 반드시 써야 하는 것이라며 어린 왕을 달랬다.

어린 그는 한 벌 남은 옷마저 더럽고 찢어진 상태여서 어디 내놓을 만한 모양새가 아니었지만 새로 한 벌을 마련할 돈도 없었다. 신하는 그 낡은 옷 위로 예복을 가려주었고 그를 알현실(사신이나 어떤 사람이 고관이나 왕, 혹은 황제와 대화 할 때 쓰는 방) 한 가운데 놓인 의자 위에 앉혔다.

왕국의 모든 신하들이 그를 둘러싸고 서있었다. 어린 왕을 둘러싼 왕을 이용하여 이득을 취하려는 자들의 수는 실로 엄청났다.

마침내 알현실의 문이 활짝 열렸다. 콕 나라의 여왕이 되길 바라는 부유한 여인들이 무리지어 들어왔다. 죄다 어린 왕의 할머니쯤 되어 보이는 나이였고 옥수수 밭 위를 날아다니는 까마귀조차도 무서워 도망가게 할 만큼 흉측한 얼굴에 왕의 근심어린 얼굴이었다. 그 끔찍한 모습들을 보니 누가 왕비가 되든지 아무 관심이 없었다.

여인들은 왕에 대해서 전혀 관심이 없었고 대신 경매인처럼 보이는 직속 신하를 둘러싸고 모여들었다.

"모두들, 여왕의 왕관에 얼마를 내놓을 수 있는가?"

직속 신하가 큰 목소리로 외쳤다.

"왕관은 어디 있습니까?"

지나칠 정도로 화려하게 꾸민 늙은 여인이 물었다. 그녀는 얼마 전에 자신의 9번째 남편과 사별하여 수백만 달러의 유산을 상속받은 여인이었다.

"아직은 왕관이 준비되지 않았다."

신하가 설명했다.

"가장 높은 금액을 제시한 자가 그 왕관을 차지하게 될 것이다."

"오, 그렇군요."

그 늙은 여인이 가장 먼저 금액을 제시하였다.

"저는 14달러를 걸겠습니다."

"14,000달러를 걸겠습니다!"

그 때, 키가 크고 바짝 마른 여인이 크게 소리쳤다. 그녀의 쭈글쭈글한 피부를 본 왕은 '상한 사과처럼 생겼군.' 라고 혼자 생각했다.

경매는 점점 더 빠른 속도로 진행됐다. 금액이 백만 단위로 올라가자 가난에 시달리던 신하들의 표정은 점점 환해지고 있었다.

"저 어린 복덩이가 우리를 살리겠군."

신하 하나가 그의 동료에게 속삭였다.

"왕이 그 돈을 펑펑 쓰게 돕기만 하면 되는 거

야."

 왕은 점점 걱정이 몰려오기 시작했다. 그나마 착해 보이고 아름다운 여인들은 가진 돈이 부족해 더 이상 높은 금액을 제시할 수 없었고, 남은 이들은 다 비쩍 마르고 주름이 자글자글한 늙은 여인들뿐이었기 때문이다.

 그들에게는 돈은 문제가 아니었기 때문에 어떻게 해서든 어린 왕의 부인 자리를 얻어 왕관을 쓰는 데에만 열을 올리고 있었다. 그 중 한 여인은 너무 열성적이었던 탓에 가발이 옆으로 돌아가고 틀니가 입 밖으로 빠져나왔다.

 그 모습은 몹시 흉측하고 끔찍했지만 그 와중에도 그녀는 포기하지 않고 더 높은 금액을 외치고 있었다. 마침내 직속 신하가 큰 소리로 고함을 치고 나서야 길었던 경매가 끝이 났다.

 "매리 앤 브로진스키 델라 포커스가 3,900,624.16 달러를 제시하였다!"

뚱한 얼굴을 하고 있던 그 여인은 그 자리에서 바로 현금으로 돈을 지불하였다.

어린 왕은 그 흉측한 모습의 여인과 결혼해야 할 생각에 통곡하며 울부짖기 시작했다. 그러자 그 늙은 여인이 냅다 왕의 귀를 때려버렸다. 그 모습을 본 신하는 남들이 보는 앞에서 남편이 될 자를 때리는 것은 옳지 못한 행동이라며 크게 나무랐다.

"너는 아직 왕과 결혼한 것이 아니다. 내일 정식으로 결혼식을 올릴 때까지 기다려라. 그 후에는 그를 마음대로 해도 좋다. 하지만 이 순간만큼은 사람들이 사랑싸움이라 생각하게 만들어야 한다."

불쌍한 어린 왕은 그 끔찍하고 무시무시한 여인을 부인으로 맞아야 한다는 생각에 잠을 잘 수 없었다. 그는 자기 또래의 무기병 딸과 결혼하고 싶었지만 좀처럼 방법이 떠오르지 않았다.

그가 잠들지 못하고 내내 뒤척일 때 달빛이 창문으로 들어와 바닥에 하얗게 반사되고 있었다. 왕이

100번 쯤 뒤척이던 차에 그의 손이 머리맡 쪽의 나무판에 있는 스프링과 부딪혔다. 그 순간 딸깍 소리가 나더니 나무판 위쪽이 열리는 것이었다.

그 딸깍 소리에 왕은 위쪽 나무판을 쳐다보았다. 그는 발끝으로 서서 놓여 있는 접어진 종이를 끌어냈다. 나뭇잎 몇 장이 묶여 마치 책의 모습처럼 보였다. 첫 번째 장에는 이렇게 적혀 있었다.

왕이 곤경에 처했을 때,
이 나뭇잎을 반으로 접어,
불을 붙이면,
그가 원하는 바를 이룰 수 있네.

그다지 훌륭한 시는 아니었지만 왕은 달빛에 비추어 보며 그 속에 담긴 뜻을 자세히 헤아려봤다. 그리고 이내 뭔가를 깨달은 듯 기쁨에 가득 찬 모습이었다.

"나는 지금 곤경에 빠졌어."

그가 외쳤다.

"당장 이것을 태우고 무슨 일이 일어나는지 봐야겠다."

그는 책에서 첫 번째 장을 떼어냈고 나머지 장들은 은밀한 곳에 숨겨두었다. 그 나뭇잎을 반으로 접어 의자 위에 올려두고 성냥으로 불을 붙였다. 작은 종이에서 엄청난 불길과 연기를 뿜어냈다. 왕은 침대 끄트머리에 앉아 그 모습을 보고 있었다.

연기가 사라진 후 왕은 깜짝 놀랐다. 작고 뚱뚱한 남자가 팔짱을 끼고 다리를 꼰 채 의자에 앉아서는 파이프를 물고 왕을 쳐다보고 있던 것이었다.

"저를 부르셨습니까."

그가 말했다.

"그렇다."

왕이 대답했다.

"너는 어떻게 온 것이냐?"

"종이를 태우지 않으셨습니까?"

그는 대답 대신 질문을 던졌다.

"맞아. 종이를 태웠지."

왕이 끄덕였다.

"그렇다면 당신은 지금 곤경에 처해있는 것이군요. 그래서 제가 당신을 도우러 왔습니다. 저는 '침대틈새 요정'입니다."

"그런 게 있는지 전혀 몰랐는데!"

왕이 소리쳤다.

"당신의 아버지도 모르셨습니다. 만약 알고 있었다면 돈을 얻기 위해 가지고 있던 것을 모두 파는 어리석은 짓은 하지 않았겠지요. 이 침대만은 팔지 않고 두길 잘하셨습니다. 자, 그럼, 제가 어떻게 해 드리길 원하십니까?"

"음… 원하는 건 모르겠다."

왕이 대답했다.

"하지만 원하지 않는 것은 분명히 있다. 나는 흉

측하게 생긴 늙은 여인과 절대 결혼하기 싫다!"

"간단한 일이군요."

요정이 대답했다.

"그녀가 당신 신하에게 지불한 돈을 돌려주고 없었던 일로 하자고 하면 됩니다. 겁먹을 것 없습니다. 당신이 이 나라의 왕이고, 당신의 말이 곧 법이니 말입니다."

"근데 말이다."

왕이 말했다.

"난 지금 돈이 절실히 필요하다. 매리 앤에게 그 돈을 다 돌려준다면 나는 앞으로 어떻게 살지?"

"아! 걱정하실 것 없습니다."

그가 다시 한 번 자신에 찬 목소리로 대답했다. 그는 자신의 주머니에 손을 넣더니 낡은 가죽 지갑 하나를 꺼냈다.

"이것을 항상 가지고 다니십시오."

그가 말했다.

"전하는 부자가 될 것입니다. 지갑에서 25센트 (0.25달러)짜리 동전이 계속해서 나올 것입니다. 얼마나 자주 동전을 꺼내는지는 전혀 상관없습니다. 동전을 하나 꺼내는 순간 지갑 안에서 바로 새 동전이 생겨나니 말이죠."

"정말 고맙구나."

왕은 그에게 진심으로 감사의 인사를 전했다.

"정말 어려운 부탁을 들어주었다. 나는 이제 필요한 만큼의 돈을 가지게 되었고 더 이상 돈 때문에 원하지 않는 여인과 결혼할 필요도 없게 되었다. 이 은혜를 어떻게 갚아야 할지 모르겠구나!"

"별말씀을요."

그는 파이프를 천천히 빨아 당기며 연기가 달빛 속으로 사라지는 모습을 쳐다보았다.

"저에게는 식은 죽 먹기입니다. 제가 더 도와드릴 일이 없습니까?"

"일단은 이걸로 충분할 것 같다."

왕이 대답했다.

"그럼 다시 나무판을 닫아주십시오."

남자가 말했다.

"남은 종이들은 언젠가 유용하게 쓰일 겁니다."

어린 왕은 다시 발끝으로 침대에 서서 다른 누구도 보지 못하게 조심스럽게 나무 판을 꼭 닫았다. 그는 다시 '침대틈새 요정'을 찾아 고개를 돌렸지만 이미 그의 모습은 사라진 후였다.

"이럴 줄 알았어."

그는 혼잣말을 했다.

"인사도 제대로 못했는데."

왕은 마음이 가벼운 마음으로 안도했다. 베개 밑에 가죽 지갑을 놓고는 아침이 될 때까지 편히 잠들 수 있었다. 아침이 되었고 왕은 한층 편안하고 상쾌해진 표정으로 일어나자마자 직속 신하를 불렀다. 직속 신화는 우울하고 근심에 가득 찬 얼굴로 왕 앞에 나타났다.

어린 왕은 결혼을 하지 않겠다고 선포할 생각에 한껏 들떠있었다.

"나는 누구와도 결혼하지 않을 것이다. 다 방법이 있다. 당장 매리 앤에게 콕 나라의 여왕의 자리에 앉는 대가로 그녀가 내놓은 그 돈을 모두 돌려주어라. 또한 오늘 예정되었던 결혼식은 취소시켜라."

그 말을 들은 신하는 불안에 떨기 시작했다. 비로소 이 나라를 제대로 통치하려는 어린 왕의 결심에 가책을 느끼는 듯 보였다.

"무슨 문제라도 생긴 것이냐?"

"전하."

그가 떨리는 목소리로 대답했다.

"그 여인에게 돈을 돌려줄 수가 없습니다. 그 돈을 잃어버리고 말았습니다!"

"돈을 잃어버리다니!"

왕은 분노와 충격에 휩싸인 채 소리쳤다.

"집으로 가는 길에 전하께서도 보셨겠지만 좋은

가격을 받기위해 경매에서 하도 소리를 질러댔더니 목이 아파 목캔디를 사기 위해 약국에 들렀습니다. 약국에 들어갈 때 돈다발을 마차 위에 두고 갔는데 약을 사고 나오니 이미 마차는 돈다발과 함께 사라진 후였습니다."

"경찰을 불렀느냐?"

왕이 물었다.

"네. 바로 경찰을 불렀습니다만 그 당시엔 모두 다른 일로 출동한 상태였습니다. 나중에 경찰들이 꼭 도둑을 잡겠다고 약속하긴 했지만 도둑을 찾을 수 있을지 모르겠습니다."

왕은 크게 낙담했다.

"그럼 이제 어떡해야 하는 것이냐?"

왕이 물었다.

"매리 앤을 사형시켜 없애버리지 않는 한 그녀와 결혼하는 수밖에 없습니다."

신하가 답했다.

"그럴 순 없다."

왕이 답했다.

"그녀를 해쳐서는 안 된다. 나는 무슨 일이 있어도 그녀와 결혼하지 않을 것이니 단지 그녀가 지불한 돈을 그대로 돌려주기만 하면 된다."

"전하께서 그녀가 지불한 돈을 모두 주실 수 있습니까?"

신하가 물었다.

"물론이다."

왕은 잠시 생각하더니 말을 이어갔다.

"그 돈을 모두 돌려주는 데에는 시간이 좀 걸릴 것이니 그대가 시간을 벌어다오. 그 여인을 불러 오거라."

신하는 그녀를 찾아가 여왕이 되려고 그녀가 지불했던 돈을 다시 돌려줄 것이라고 말했더니, 그녀는 화가 머리끝까지 올라 신하의 귀를 거의 한 시간 동안이나 격렬하게 내려쳤다. 겨우 진정이 된 후 따라온 그녀는 격양된 목소리로 자신이 지불한 돈에 하룻밤 새 붙은 이자까지 요구했다.

"네가 준 돈을 나의 신하가 잃어버려 내가 가진 돈으로 갚아주겠다. 하지만 내가 가진 돈은 동전뿐이라 동전으로 네가 준 돈의 금액을 다 갚아야 할 것 같다."

왕이 말했다.

"상관없습니다!"

그녀는 또 다시 신하의 귀를 내려칠 듯 쏘아보며 대답했다.

"내가 지불한 금액과 이자까지 모두 받는다면 동전이라도 상관없다. 그 동전들은 어디 있는가?"

"여기 있다."

왕이 신하에게 가죽 지갑을 건네며 대답했다.

"모두 25센트짜리 동전들이고 한 번에 한 개씩 꺼내야 한다. 네가 지불한 돈과 이자까지 모두 갚을 수 있는 금액이 들어있으니 걱정 말아라."

신하는 구석에 자리를 잡고 앉아 지갑에서 동전을 하나씩 꺼내 세기 시작했다. 늙은 여인은 그와 마주보고 앉아 그가 건네주는 동전을 받았다.

3,900,624달러하고도 16센트(0.16달러)라는 돈은 엄청난 금액이었다. 1달러의 1/4인 25센트 동전으로 돈을 세는 데 4배만큼 더 많은 시간이 걸리는 일이었다.

그들을 그 곳에 두고 왕은 공부도 시작했다. 종종 그곳에 들러 정사를 돌볼 때나 품위 유지를 위해 필요한 적당한 금액만 빼가곤 했다. 신하가 돈을 세는 데는 꽤 오랜 시간이 걸렸지만 적어도 계속 돈이 나오기에 크게 신경쓸 일은 아니었다.

시간이 흘러 어린 왕은 성인이 되었고 늘 마음에 품고 있던 무기병의 딸과 결혼하게 되었다. 사랑스러운 아이들도 둘이나 낳았다. 백발이 된 신하는 전보다 훨씬 늙고 쭈글쭈글해진 매리 앤 앞에 앉아 여전히 25센트(0.25달러) 동전을 세고 있었고 그녀는 혹시나 그가 속임수를 쓰지는 않는지 지켜보고 있었다.

3,900,624달러 16센트(0.16달러)를 25센트(0.25달러)짜리 동전으로 세는 것은 굉장히 오래 걸리고 힘든 일이었다.

—

이것은 신하가 여인의 돈을 부주의하게 다루었기 때문에 받는 벌이나 마찬가지였다. 게다가 여왕의 자리를 탐내 돈으로 어린 10살짜리 왕을 사려고 했던 매리 앤에게 내리는 벌이기도 했다.

곰을 가진 소녀

제인의 엄마는 시내에 외출 중이었다. 그녀는 노라에게 제인을 돌봐달라고 부탁했고 노라는 그러겠다고 약속했지만, 노라는 오후 중으로 은식기들을 닦아놔야 했기 때문에 제인을 위층 거실에서 혼자 놀게 놔두고 주방에서 설거지를 하고 있었다.

제인은 아빠에게 줄 생일 선물로 소파 쿠션에 자수를 놓느라 혼자 남겨진 것을 전혀 개의치 않았다. 그녀는 살금살금 기어가 큰 창문턱에 자리를 잡고 몸을 웅크려 열심히 수를 놓고 있었다.

거실 문이 열렸다가 조용히 닫히는 소리가 났다. 노라가 들어온 것이라 생각한 제인은 문 쪽은 쳐다보지도 않고 물망초 자수를 놓는 데 열중했다. 그러다 뭔가 이상한 느낌이 들어 올려다봤는데 방 한가운데에 웬 낯선 남자가 가만히 서서 그녀를 뚫어지게 쳐다보고 있는 것이었다.

그는 키가 작고 뚱뚱했으며 계단을 올라오느라 몹시 숨이 가빠보였다. 한 손에는 실크로 만든 작업용 모자를 들고 있었고 반대 쪽 겨드랑이에 커다란 책 한 권을 끼고 있었다. 대머리인 그는 상당히 낡고 헤져 보이는 검은색 양복을 입고 있었다.

"실례합니다."

깜짝 놀라 입을 다물지 못하고 있는 제인에게 남자가 말을 걸었다.

"혹시 제인 글래디스 브라운양인가요?"

"네. 맞아요."

그녀가 대답했다.

"좋아요! 드디어 찾았군요!"

그가 묘한 미소를 띠며 외쳤다.

"오랫동안 아가씨를 찾아다녔습니다. 드디어 찾았군요!"

"이곳엔 어떻게 들어오신 거죠?"

제인은 경계심을 갖고 그에게 물었다.

"그건 알려줄 수 없습니다."

그는 뭔가 숨기는 듯 대답했다. 제인은 여전히 경계를 늦출 수 없었다. 제인과 낯선 남자는 서로를 가만히 바라보고 있었으며 그 눈빛은 진지하면서도 뭔가를 감추고 있는 듯 보였다.

"이곳에는 무슨 일로 오셨죠?"

제인은 허리를 꼿꼿이 세우고 점잖게 말했다.

"아! 본론부터 말해야겠군요."

우렁찬 목소리의 남자가 말을 이어갔다.

"있는 그대로 다 말하겠습니다. 당신 아버지가

나를 못살게 굴었습니다."

제인은 창문턱에서 내려와 손가락으로 문을 가리켰다.

"당장 여기서 나가세요!"

그녀의 목소리는 분노에 차 떨리고 있었다. 우리 아빠는 세상에서 가장 훌륭한 분이에요. 어느 누구에게도 나쁜 짓을 할 사람이 절대 아니에요!"

"제가 자세히 설명해 드리죠."

남자는 그녀의 나가라는 말에 들은 체도 안하고 계속해서 말을 이어갔다.

"아마 당신 같은 어린 딸에게는 아주 다정한 아버지일지도 모르죠. 하지만 다른 사람들과 일할 때만큼은 굉장히 엄격하고 가혹한 사람입니다. 특히 책 판매인들에게 말이죠. 지난번 내가 '피터 스미스 전집'을 판매하려고 그를 찾아간 적이 있습니다. 그때 당신 아버지가 나를 어떻게 대했는지 압니까?"

소녀는 아무 말이 없었다.

"아 진짜 생각할수록!"

그는 점점 흥분하여 목소리가 커지고 있었다.

"그는 나보고 당장 사무실에서 나가라고 하면서 경비를 불러 건물 밖으로 쫓아내기까지 했습니다. 당신이 말한 '세상에서 가장 훌륭한 아버지'가 그런 행동을 한 것에 대해 어떻게 생각하나요? 네?"

"아마 그럴 만한 이유가 있으셨겠지요."

제인이 말했다.

"아, 그러세요?"

남자가 계속해서 말을 이어갔다.

"그런 모욕에 대해 반드시 갚아줄 겁니다. 당신 아버지는 덩치도 크고 힘도 쎄 무시무시한 사람이니 대신 그가 아끼는 어린 딸, 당신에게 복수를 할 겁니다."

그 말을 들은 제인은 몹시 두려워하며 물었다.

"나를 어떻게 할 건가요?"

"당신에게 이 책을 줄 겁니다."

그는 겨드랑이에 끼고 있던 책을 건네주고 의자 끝에 걸터앉아서 모자를 벗어 깔개 위에 두고 조끼 주머니에 들어있던 만년필을 꺼냈다.

"이 책에 당신 이름을 쓸 겁니다."

그가 물었다.

"글래디스 철자가 어떻게 되죠?"

"G-L-A-D-Y-S 예요."

그녀가 대답했다.

"자, 여기 있습니다."

그는 고마운 표시로 살짝 고개를 숙이며 책을 건네주었다.

"이것으로 당신 아버지에게 복수를 하겠습니다. 그때 '피터 스미스 전집'을 사지 않은 것에 후회하게 될 것입니다. 그럼 행운을 빌죠. 꼬마 아가씨."

그는 이 순간을 즐긴다는 듯이 행복한 표정으로 제인에게 다시 가볍게 인사를 하고 문 쪽으로 걸어 나가 모습을 감췄다.

문이 닫히고 소녀는 다시 창문 위로 올라가 괴상한 남자가 건네준 책을 살펴보았다. 빨강과 노랑이 섞여 있는 책표지 위에 큰 글씨로 '어쩌고저쩌고'라 적혀 있었다. 그녀는 호기심 가득한 표정으로 책장을 넘기자 첫 장에 까만색으로 그녀의 이름이 써져 있었다.

"웃기는 사람이군."

소녀가 혼잣말로 중얼거렸다. 다음 장을 넘겨보니 초록, 빨강, 노랑이 섞인 옷의 피에로 그림이 있었다. 하얀 얼굴의 양 볼과 눈에는 삼각형 모양으로 빨간 점들이 붙여있었다. 그 책을 보고 있던 소녀의 손이 떨리기 시작했다. 책장이 치직 소리를 내며 찢어지더니 갑자기 그 피에로가 책에서 튀어나와 소녀 옆에 서있는 것이 아닌가! 우리가 알고 있는 모습 그대로의 피에로 말이다.

그는 기지개를 쭉 켜고 입을 쩍 벌려 하품을 하더니 우스꽝스러운 표정으로 말했다.

"아, 이제야 살겠네! 저 납작하고 비좁은 책 안에 몸을 구겨 넣고 지내는 것이 얼마나 힘들었는지 너는 모를 거다."

너무 놀라 제인은 아무 말도 하지 못하고 갑자기 나타난 피에로를 바라보고만 있었다.

"내가 여기서 나올 줄은 상상도 못했겠지, 그치?"

피에로는 소녀에게 음흉한 목소리로 물어보며 방 안을 쭉 둘러보았다. 제인은 놀란 와중에 갑자기 웃음이 터져 나왔다.

"뭐가 웃긴 것이냐?"

피에로가 물었다.

"네 뒷모습은 아무것도 없는 것처럼 하얘!"

소녀가 외쳤다.

"앞모습만 피에로 모습이구나."

"그럴 수밖에."

피에로는 짜증이 난 목소리였다.

"책에서는 뒷모습까지 그릴 필요가 없으니 말이

다. 나를 그린 화가 때문에…"

"그래서 이렇게 우스운 꼴이구나!"

제인은 배꼽 빠지게 웃느라 눈물이 날 지경이었다. 피에로는 뿔난 모습으로 의자에 앉아 나름 뒷모습이 보이지 않으려 했다.

"나만 그런 게 아니야!"

피에로가 나무라듯이 말했다. 그 말을 들은 소녀가 곧 바로 다음 장을 넘겨보자마자 꼬깃꼬깃해진 책에서 원숭이 한 마리가 튀어나와 그녀 옆에 앉았다.

"우끼끼끼끼!"

원숭이는 요란한 소리를 내며 소녀의 어깨 위로 뛰어오르더니 탁자로 올라갔다.

"신난다! 더 이상 그림이 아니라 진짜 원숭이로 살 수 있다니!"

"진짜 원숭이들은 말을 할 수 없어."

제인이 그를 꾸짖는 말투로 말했다.

"네가 어떻게 알아? 원숭이로 살아본 적 있어?"

원숭이는 크게 웃음을 터뜨렸고 피에로도 그를 따라 웃었다. 그들은 이 상황을 즐기는 듯했다.

소녀는 이런 상황이 너무 당혹스러웠고 얼른 다음 장을 넘겨보았다. 어떤 내용인지 채 살펴보기도 전에 회색 당나귀가 튀어 나왔다. 그는 발을 헛디뎌 달가닥 소리를 내며 바닥 위로 넘어졌다.

"자기 발에 걸려 넘어지다니, 어설프기 짝이 없구나!"

소녀가 못마땅한 듯 소리쳤다.

"그래! 어설프다, 어쩔래!"

당나귀가 잔뜩 화난 목소리로 대답했다.

"이 멍청한 화가가 원근법도 무시하고 이렇게 그려놔서 그래. 그 화가가 널 그렸다면 너도 이렇게 될 걸!"

"어떻게 그려놨다는 건데?"

제인이 물었다.

"내 왼쪽 다리가 오른쪽 다리보다 6인치나 짧아. 그러니 균형이 안 맞을 수밖에! 이 멍청한 화가는 당나귀 하나도 제대로 그릴 줄 모르면서 어떻게 그림 그릴 생각을 했지?"

"나야 모르지."

당연하다는 듯이 대답했다.

"가만히 서있는 것조차 힘들어."

당나귀는 계속해서 투덜거렸다.

"작은 돌멩이에도 걸려 넘어질 것 같아."

"너무 속상해하지마."

원숭이는 갑자기 샹들리에 위로 뛰어오르더니 꼬리로 샹들리에를 마구 흔들어댔다. 그 모습을 본 제인은 샹들리에의 유리구슬들이 와장창 떨어질 것만 같아 노심초사하고 있었다.

"그 멍청한 화가가 내 귀도 이렇게 크게 그려놨어. 이렇게 큰 귀를 가진 원숭이가 어디 있냔 말이다!"

"가만 두지 않을 거야."

피에로가 침울한 표정으로 말했다.

"나는 등이 없다고!"

제인은 얼떨떨한 표정으로 이들을 둘러보고 다음 장으로 책을 넘겼다. 눈 깜짝할 새에 그녀 눈앞으로 황갈색 얼룩무늬 표범이 튀어 나왔다. 표범은 커다란 가죽 안락의자 뒤쪽으로 착지해 이리저리 몸을 뒤틀며 격렬한 움직임을 보였다.

원숭이는 표범의 등장에 겁을 먹고 샹들리에 꼭대기까지 올라갔다. 당나귀는 도망가려 했지만 얼마 못가 자기 발에 걸려 넘어지고 말았다. 피에로 역시 얼굴이 창백하게 질려서 의자에 앉아 알 수 없는 소리만 나지막하게 내고 있었다.

표범은 안락의자 뒤에 앉아 꼬리를 좌우로 흔들며 책에서 나온 그들과 제인을 차례로 노려보고 있었다.

"누구를 먼저 공격할 건가요?"

아까 넘어졌던 당나귀가 몸을 일으키려 애쓰며 물었다.

"나는 누구도 공격할 생각이 없다."

표범이 으르렁거리며 답했다.

"화가는 내 입을 다물어진 상태로 그려놓았다. 그래서 나는 이빨도 없다. 게다가 그는 내 발톱도 그려놓지 않았다. 그래도 겉으로 보기에는 꽤 무서운 모습인 것 같은데. 그렇지 않니?"

"그렇긴 하지."

피에로가 무심하게 대답했다.

"겉으로 보기엔 엄청 무서운 맹수가 따로 없지만 이빨도 발톱도 없으니 그렇게 신경 쓰지 않아도 되겠다."

그 말을 들은 표범이 더욱 사납게 포효했지만 그 모습을 본 원숭이는 비웃을 뿐이었다. 그 때 제인의 무릎 위에 놓여있던 책이 미끄러지려 했다.

소녀는 책을 놓치지 않으려 순간적으로 어느 한

부분을 잡았는데 책의 끝부분이 펼쳐졌다. 그 페이지에는 무시무시하게 생긴 회색곰이 그려져 있었고 소녀는 책을 냅다 던져 버렸다. 책에서 요란한 소리가 나며 바닥에 떨어졌는데 그 순간 얼핏 보았던 그 회색 곰이 몸을 비틀어 나오는 것이었다.

"망했다."

표범이 소리쳤다.

"이제 모두들 진짜 조심해야할 것 같군. 나에게 그랬던 대로 곰을 비웃거나 조롱해선 안 된다. 저 곰은 이빨도 있고 발톱도 있으니 말이다."

"그래야지."

낮고 굵은 목소리로 곰이 말했다.

"물론 그것들을 어떻게 사용하는지도 잘 알지. 책을 읽어봤으면 알겠지만 나는 아주 무시무시하고 잔인하며 무자비한 곰으로 그려져 있지. 나는 오로지 어린 소녀들과 그들의 신발, 옷, 리본까지 모든 것들을 먹어치우는 것에 관심이 있지. 그리고 작가가 말하길 나는 매일 어떻게 하면 더 사악해질 수 있을까 생각한다는데…"

"정말 끔찍하다!"

뒷다리를 구부리고 앉아있던 당나귀가 고개를 저으며 말했다.

"왜 작가가 소녀들에게 굶주린 짐승으로 만들었다고 생각해? 혹시 다른 동물들도 먹니?"

"책에서는 어린 소녀들만 먹는다고 나와 있지."

곰이 대답했다.

"휴, 다행이다."

피에로가 안도의 한숨을 쉬며 말했다.

"그럼 배고플 때 제인을 먹으면 되겠다. 저 소녀는 내가 등이 없다고 비웃었어."

"내 다리의 균형이 맞지 않다고도 비웃었어."

당나귀가 시끄럽게 소리쳤다.

"그럼 너네도 잡아먹혀도 싸네."

의자 뒤에 앉아있던 표범이 소리쳤다.

"내게 이빨도 발톱도 없다는 사실을 알고 너희 역시 나를 비웃었으니 말이야! 어이 곰 양반. 제인을 처리하고 난 뒤, 저 피에로와 당나귀, 원숭이까지 먹어치울 수 있겠나?"

"문제없지. 그리고 표범까지 단숨에 먹어치울 수 있을 것 같거든."

곰이 으르렁거리며 대답했다.

"내가 얼마나 배고픈지에 달려있다. 일단은 저 어린 소녀부터 먹을 생각이다. 작가의 말에 따르면 내가 가장 좋아하는 먹잇감은 바로 소녀들이기 때문이지."

그들의 대화를 듣고 있던 제인은 겁에 질려 어쩔 줄 몰라 했다. 그제야 제인은 이 책으로 복수를 하겠다던 낯선 남자의 말을 이해할 수 있었다.

그녀의 아버지가 집에 돌아와 회색곰에게 잡아먹힌 딸의 모습을 발견한다면, '피터 스미스 전집'을 사지 않은 것에 대해 뼈저리게 후회할 것이 분명

했다. 곰은 몸을 일으켜 뒷다리로 중심을 잡고 섰다.

"이것이 바로 책에 그려진 내 모습이지."

곰이 말했다.

"이제 내가 저 소녀를 잡아먹는 모습을 잘 보아라."

그는 천천히 제인을 향해 한발 한발 다가갔다. 원숭이와 표범, 당나귀, 그리고 피에로가 동그랗게 서서 곰의 모습을 흥미롭게 지켜보고 있었다. 그 순간 소녀의 머릿속에 좋은 생각이 떠올랐다.

그녀가 다급하게 소리쳤다.

"잠깐! 너는 나를 잡아먹을 수 없어! 이건 잘못된 일이야."

"무슨 말이냐?"

곰이 놀란 표정으로 물었다.

"나는 너의 주인이야. 너는 나의 소유물이지."

그녀가 말했다.

"어떻게 그런 생각을 할 수 있지?"

곰이 실망스럽다는 목소리로 말했다.

"그 이유를 설명해줄게. 책의 맨 앞장에 내 이름이 쓰여 있고 이 책은 내 것이야. 원칙적으로 따지자면 너는 책 안에 속한 동물이고 책의 주인인 나를 잡아먹을 수 없다는 말이야!"

곰은 잠시 주저하는 모습이었다.

"너희 중 글을 읽을 수 있는 이가 있어?"

곰이 물었다.

"내가 읽을 수 있지."

피에로가 대답했다.

"그럼 소녀의 말이 맞는지 확인해 보아라. 정말 그녀의 이름이 써져 있어?"

피에로가 책을 집어 들어 보니 그녀의 이름이 써진 것을 볼 수 있었다.

"그렇다."

피에로가 말했다.

"'제인 글래디스 브라운이라고 아주 크게 쓰여

있어."

곰이 한숨을 푹 쉬었다.

"그렇다면 할 수 없다. 나는 이 소녀를 잡아먹을 수가 없다."

곰이 체념하며 말했다.

"이 책을 쓴 작가도 다른 작가들처럼 실망스럽기 짝이 없군."

"우리를 그린 화가만큼 멍청하진 않잖아."

당나귀는 여전히 몸을 일으키려 애쓰고 있었다.

"잘못은 작가나 화가가 한 것이 아니라 너희가 했지."

제인이 근엄한 목소리로 말했다.

"원래 있었던 책 속에서 평생 살지 그래?"

동물들은 얼빠진 표정으로 서로만 쳐다보고 있었다. 피에로는 부끄러운지 창백했던 얼굴이 빨개졌다.

"정말…"

곰은 뭔가를 말하려는 듯 보였는데 갑자기 말을 뚝 끊어버렸다. 그 때 초인종 소리가 크게 울렸다.
"엄마다!"
제인은 소리를 지르며 벌떡 일어섰다.
"드디어 엄마가 오셨다! 자, 이제 너희들은…"
하지만 그녀가 말을 끝내기도 전에 동물들은 이미 책 속으로 재빨리 들어가고 있었다. 책장이 휙휙 넘어가는 소리가 들리더니 이내 아무 일도 없었다는 듯 평범한 책의 모습으로 바닥에 놓였다. 그 이상한 책 속 주인공들이 모두 사라져버렸다.

—

이 이야기는 우리가 어떤 상황에서도 당황하기보단 임기응변의 자세로 대처하자는 교훈을 주고 있다. 만약 제인이 자신이 책과 동물들의 주인이라는 것을 생각해내지 못했더라면 이미 곰에게 잡아먹히고 말았을 테니 말이다.

마법에 걸린 사람들

어느 날, 눅(knook)이라는 부족(族)이 있었는데 그 중 하나는 매일 같은 평화로운 일상에 싫증이 났고 새로운 것에 목말라 있었다. 눅족은 어떤 불멸의 종족보다도 뛰어난 능력들을 가지고 있었다. 아, 요정과 릴(ryls)을 제외하고 말이다.

모든 눅족들은 원하는 것은 무엇이든 얻으며, 행복하고 만족스러운 삶을 살고 있지만 이 이야기 속 주인공 '포포포'는 예외였다.

그는 수천 년을 살아오면서 이미 세상의 모든 일들을 경험했다고 생각하기 때문에 매사가 지루 했고 더 이상 그의 흥미를 끌 수 있는 일은 없었다.

그러던 중 포포포는 지구에 사는 인간들이 불현듯 떠올랐다. 그들이 사는 곳으로 가서 그들은 어떻게 생활하는지 살펴보기로 했다. 그의 따분한 시간을 보내기에 적합했고 신나는 일이라 확신했다. 그리하여 어느 날 아침, 포포포는 간단히 아침을 먹고 그가 상상했던 지구로 떠날 준비를 마쳤다. 순식간에 그는 지구의 어느 큰 도시로 이동하였다.

아주 조용하고 평화로운 곳에서 살던 그는 시끌벅적한 도시의 심한 소음에 정신을 차릴 수가 없었고 그곳에 도착한 지 3분도 채 안 되어 다시 집으로 돌아가기로 했다. 짧은 순간이었지만 그는 지구에 가본 것만으로도 만족스러웠다. 평화롭지만 단조로운 일상은 다시 포포포를 가만히 있지 못하게 만들었고 그의 머릿속에 또 다른 생각이 떠올랐다. 아무리 시끌벅적한 도시라도 사람들이 잠을 자는 밤에는 조용해질 것 같았다.

그는 밤에 다시 한 번 그곳을 가 보기로 했다. 그리하여 포포포는 다시 도시로 향했고 거리 위를 거닐었다. 모든 이들이 잠들어 있는 시간이었다.

마차가 덜거덕거리는 소리도, 사람들 무리가 외치는 소리도 들리지 않았다. 심지어 경찰들마저 잠들어 있었고 몰래 돌아다니는 도둑들의 모습도 발견할 수 없었다.

조용한 거리를 걸으며 포포포는 차분한 마음으로 즐기기 시작했다. 그는 호기심에 이집 저집을 돌아다니며 방들이 어떻게 생겼는지 자세히 살펴보았다. 집들은 모두 잠겨 있었지만 그에게는 아무 상관이 없었다. 눅족은 밤에도 모든 것을 볼 수 있는 시력을 가지고 있었기 때문이다.

그는 상업지구 쪽으로 발길을 옮겼다. 눅족의 행성에서는 돈도 필요하지 않았고 물건을 거래하는 일도 없기 때문에 그에게 상점이라는 것은 낯설고도 신기한 장소였다. 포포포는 처음 보는 다양한 물건들 굉장히 궁금해했다.

그는 모자 가게에 들어가 보았다. 커다란 유리 상자 안에는 다양한 종류의 모자들이 있었는데 각각의 모자들은 박제된 새로 장식되어 있었다. 그 중 고급스러워 보이는 모자들은 두세 마리의 새들이 더 장식되어 있었다.

사실 눅족은 새들을 아끼고 사랑하며 보호해왔다. 친구처럼 여기며 잘 지내왔던 작은 새들이 유리 상자 안에 갇혀있는 모습을 보고 모자가게 주인들이 일부러 새를 박제한 것을 알 리가 없었던 포포포는 슬프기도 하고 분하기도 했다.

포포포는 몰래 유리 안으로 들어가 눅족의 언어로 짹짹 소리를 냈다. 물론 새들은 모두 그의 언어를 알아들을 수 있었다.

"자, 나의 친구들아. 문이 열렸다. 어서 날아가거

라!"

포포포는 새들이 박제되어 있다는 사실을 알지 못했다. 박제된 것과 상관 없이 모든 새들은 눅족의 소리에 반응할 수 있었다. 새들이 유리 상자 밖으로 빠져 나가 날개를 퍼덕이며 모자 가게 안을 날아다니고 있었다.

"아, 불쌍한 새들아!"

포포포는 따뜻한 심성을 가진 이였다.

"이제 넓은 들판과 숲속 위를 마음껏 날아다니렴."

그는 가게 문을 활짝 열며 크게 소리쳤다.

"얼른 가거라! 훨훨 날아가거라, 나의 친구들아! 다시 행복한 삶을 누리거라."

새들은 깜짝 놀랐지만 즉시 그가 말한 대로 깜깜한 밤하늘 위로 높이 올라가버렸다. 포포포는 그 모습을 보고서야 가게를 나와 문을 닫았고 계속해서 거리를 거닐었다.

시간이 지나 새벽에는 더 재미난 것들을 발견했다. 하지만 도시를 다 둘러보기도 전에 날이 밝아왔고 그는 다음 날 저녁에는 조금 일찍 와봐야겠다고 생각했다.

다음 날 해가 저물자마자 그는 그 도시를 다시 찾았고 전날 들렀던 모자가게를 지나던 중 가게 불이 켜있는 것을 발견했다. 가게 안에는 두 여인이 있었는데 그 중 한 여인은 탁자에 얼굴을 파묻고 흐느껴 울고 있었고 다른 여인은 그녀를 달래고 있었다. 당연히 인간들은 포포포의 모습을 볼 수 없었다. 그는 여인들 옆에 서서 그들의 대화를 듣고 있었다.

"걱정하지마, 언니."

달래주던 여인이 말했다.

"새들은 모두 사라졌지만 그래도 모자들은 다행히 남아 있잖아."

"아! 이럴 수가!"

흐느끼던 여인은 모자가게 주인이었다.

"누구도 새 장식이 없는 모자를 사려 하지 않을 거야. 요즘 새들로 장식된 모자가 유행이란 말이야. 이 모자들을 팔지 못해서 난 망하고 말 거야."

그녀는 겨우 그쳤던 울음이 다시 터지고 말았다. 포포포는 새를 아끼는 마음에 저지른 행동이 의도치 않게 한 인간을 슬프게 만들었다는 사실이 부끄러워져 조용히 가게에서 빠져나왔다.

밤이 깊어 그는 다시 모자가게에 들렀고 두 여인은 집으로 돌아간 후였다. 모자에 새 대신 어떤 것이라도 붙여 두 여인을 다시 기쁘게 만들고 싶은 생각에 돌아다니던 중 회색 쥐들로 가득한 지하 굴을 발견했다. 쥐들은 근처 건물의 벽을 갉아먹거나 식품 창고에 있는 식량들을 훔쳐 먹으며 그 누구의 방해도 없이 평화롭게 살아가고 있었다.

'바로 이거야!'

포포포는 생각했다.

'여인들이 쓰는 모자에 딱 어울릴 것 같구나.'

그가 생각하기에 쥐는 아주 아름답고 우아한 동물이었으며 그들의 털은 새의 깃털 못지않게 부드러워 보였다. 게다가 쥐들은 여태 남의 것을 훔치며 살아왔기 때문에 여생을 여인의 모자에서 살면서 벌을 받아도 되겠다고 생각했다.

그는 주문을 외워 굴속에 있는 모든 쥐들을 불러내더니 유리 안에 있는 모자 위로 이동시켰고 원래 새들이 있던 자리에 안착했다. 그들은 모자와 아주 잘 어울려 보였다.

아무것도 모르는 포포포의 눈에는 말이다. 그들이 모자 위에서 도망치는 것을 막기 위해 포포포는 마법을 걸어 그들을 정지 상태로 만들었다. 아주 예쁘게 장식된 모자들을 보고 그녀가 몹시 기뻐할 것만 같았던 포포포는 뿌듯한 마음에 가게에 남아 모자가게 주인의 반응을 살펴보고 싶었다.

아침 일찍 여동생과 출근한 그녀는 여전히 슬퍼 보였지만 체념한 표정이었다. 먼지를 털고 바닥도

쓸고 유리 상자의 블라인드를 올려 모자 하나를 꺼냈는데 모자 위에는 작은 회색 쥐가 아늑하게 자리를 잡고 누워있었다.

그녀는 깜짝 놀라 비명을 꽥 지르며 모자를 떨어트리고 탁자 위로 뛰어 올라갔다. 비명소리가 심상치 않음을 느낀 그녀의 여동생이 달려와 소리쳤다.

"무슨 일이야, 언니! 무슨 일이야?"

"쥐야 쥐!"

그녀는 잔뜩 겁에 질린 모습으로 숨도 제대로 쉬지 못하고 있었다. 이 소란을 보고나서야 포포포는 쥐라는 동물이 인간들에게는 아주 끔찍하고 징그러운 동물이라는 사실을 알게 되었다.

모자 위에 그 끔찍한 동물을 올려놓은 것은 아주 어리석은 실수였다고 생각한 그는 쥐들만 알아들을 수 있는 신호로 그들을 불러냈다. 그의 신호를 들은 쥐들은 재빠르게 모자에서 내려와 그들의 굴로 돌아갔다. 이 모습을 본 자매는 계속해서 비명을 지르더니 이 모습마저 소름 끼쳤는지 이내 기절해 버렸다.

포포포는 심성이 착한 눅 요정이었고 동시에 이 모든 소란의 장본인이었다. 인간들에 대한 자신의 무지함으로 생긴 일이라고 생각은 했지만 기절한 여인들을 내버려두고 당장 집으로 도망 가버리고 싶었다.

그는 생각에 잠겼고 그가 새들을 풀어주면서 모자가게 주인을 슬프게 만들었다고 자책했다. 풀어주었던 새들을 다시 잡아오면 해결될 문제였지만 새를 사랑하고 아꼈기 때문에 다시 그들을 모자 위에 박제시키는 것 역시 내키지 않았다. 하지만 그 방법만이 유일했다.

어쩔 수 없이 포포포는 새들을 찾아 나섰다. 새들은 이미 멀리까지 날아갔었지만 그에게는 전혀 문제될 일이 아니었다. 얼마 지나지 않아 큰 밤나무가지에 앉아 지저귀고 있는 새들을 발견했다. 포포포의 모습을 발견한 새들이 반갑게 말했다.

"우리를 풀어줘서 정말 고마워, 포포포."

"고마워하지 마."

그가 대답했다.

"너희를 다시 그 모자가게로 돌려놓으러 온 것이니."

"무슨 말이야?"

파란색 어치(까마귓과의 새)가 화난 목소리로 물었다. 다른 새들도 지저귐을 멈추고 귀를 기울였다.

"그 모자가게 주인은 너희를 소유물로 생각하고 있는데 너희가 없어져 몹시 슬퍼하고 있다."

포포포가 대답했다.

"유리 상자 안에 갇혀 살면서 우리가 얼마나 불행한 시간을 보냈는데!"

울새가 말했다.

"그녀의 소유물이라고 여기기 전에 너는 새들의 수호자인 눅족이야. 우리도 자유롭게 날아다니며 살고 싶다고! 사악한 인간들이 우리를 총으로 쏴서 박제하고는 모자가게에 팔아 넘겼지. 우리가 그녀의 소유물이라는 것은 말도 안 된다!"

포포포는 어떻게 해야 좋을지 고민했다.

"만약 내가 너희들을 풀어준다면."

그가 말했다.

"인간들은 또 다시 너희를 쏴버릴 것이다. 그럼 전과 달라질 것이 없지 않겠니."

"체!"

어치가 콧방귀를 뀌며 말했다.

"지금 우리는 박제된 상태이기 때문에 누구도 우리를 쏠 수 없어. 오늘 아침에도 두 사냥꾼이 우리에게 총을 쐈지만 총알은 깃털을 헝클어뜨릴 뿐이었거든. 우리는 이제 더 이상 인간들이 무섭지 않다."

"내 말좀 들어봐!"

새들이 자신의 말을 듣지 않을 것 같았기 때문에

포포포는 더 근엄하게 말했다.

"내가 너희를 원래 자리에 돌려놓지 않으면 그 모자가게 주인은 쫄딱 망해버릴 것이다. 그들의 말에 따르면 요즘 유행이 모자에 새들을 장식하는 것이라고 하는데 레이스나 리본으로 아무리 예쁘게 장식한다 해도 너희가 없다면 그 모자들은 아무 가치가 없을 것이다."

"유행이라니."

검은 새가 진지한 목소리로 말했다.

"그것은 단지 인간이 만들어낸 것이지. 우리가 그 유행의 노예가 되어도 좋다는 법은 어디 있는데?"

"인간들의 유행은 우리와 아무 상관이 없다."

이번에는 방울새가 목소리를 높였다.

"만약 모자에 눅 요정을 장식하는 것이 인간들의 유행이라면 너는 그렇게 될 수 있어? 대답해봐, 포포포!"

포포포는 이러지도 저러지도 못하고 있었다. 그는 새들을 다시 모자가게로 돌려보낼 수도, 가게 주인이 슬퍼하는 모습을 보고 있을 수도 없었다. 그는 집으로 돌아가 다른 방법이 없는지 곰곰이 생각해 보기로 했다.

한참을 고민하던 그는 녹족의 왕에게 조언을 구하기로 결심했다. 그는 왕에게 있었던 일을 모두 털어놓았다. 그의 이야기를 들은 왕의 인상이 찌푸려졌다.

"그러게 왜 인간들의 일에 간섭하느냐!"

그가 꾸중했다.

"이미 일은 저질러졌으니 그 일을 수습하는 것도 네 몫이다. 새들을 다시 그곳에 가두는 것은 절대 안 된다. 그렇게 하지 않으려면 여인들의 모자에 새를 장식하는 것이 더 이상 유행이 되지 않게 유행을 바꿔버리거라."

"어떻게 하면 유행을 바꿀 수 있습니까?"

포포포가 물었다.

"간단하다. 인간들에게 유행이란 아주 짧게 지속되는 것이다. 그들은 쉽게 질려하지. 신문이나 잡지를 보면 유행하는 스타일에 대해 이런 저런 이야기를 한다. 인간들은 그것에 전혀 의문을 품지 않고 맹목적으로 따라하지. 그러니 너는 신문과 잡지에 나오는 기삿거리에 마법을 걸어라."

"글에 마법을 건다니…"

호기심 가득한 포포포가 말을 되새겼다.

"그리 하거라. 모자 위에 새를 장식하는 것이 더 이상 유행이 아니라고 적어라. 그럼 그 모자가게 주인은 안도할 것이고 우리가 아끼는 새들도 자유롭게 날아다닐 수 있을 것이다."

포포포는 지혜로운 왕에게 감사를 표하며 그의 조언을 따랐다. 그는 모자가게가 있는 도시 뿐 아니라 지구의 모든 신문사와 잡지사를 찾아가 '새로운 유행'에 대한 글을 쓰게 했다.

가끔씩 그는 마법을 걸어 신문을 읽는 누구든 그가 의도한 대로 읽게 했다. 또한 그는 편집장들에게도 마법을 걸어 그가 생각한 대로 글을 쓰게 만들기도 했다.

인간들은 눅 요정들의 영향을 얼마나 많이 받고 있는지 알지 못했다. 그들은 인간들이 절대 알 수 없는 방법으로 인간들에게 그들의 생각을 주입시켰다. 포포포가 마법을 걸고 난 다음 날 아침, 신문을 읽던 모자가게 주인은 뛸 듯이 기뻐했다.

"이제 새를 장식한 모자는 더 이상 인기가 없겠어. 리본과 레이스를 모자에 장식하는 것이 새로운 유행이 되었구나!"

포포포는 모자가게에서 더 이상 갇혀 살지 않아도 되는 새들에게 새로운 삶을 선물한 것 같아 뿌듯해했고 모자가게 주인도 행복을 되찾은 모습에 크게 기뻐했다.

새들은 자신들을 구해준 포포포에게 고마움의

표시로 아름다운 노래를 불러주고 숲속으로 멀리 멀리 날아갔다.

　가끔씩 사냥꾼들이 새를 맞추려 총을 쏘는데 왜 맞춰지지 않는지 의문일 것이다. 하지만 이 이야기를 읽은 여러분은 이해할 수 있을 것이다. 이미 박제된 상태의 새들은 총을 쏴도 맞지 않는 다는 것을.

행복한 하마

콩고 강의 북쪽에 오래된 혈통의 하마 귀족 집안이 살고 있었다. 그들은 노아의 시대보다도 훨씬 더 오래된 족보의 집안이었고 인간들보다도 더 오래된 혈통이었다.

그들은 이 세상이 처음 창조되었을 까마득한 옛날부터 살아왔다. 수천 년 동안 같은 강둑에 살면서 물줄기와 급류, 강바닥에 난 구덩이와 모래톱, 강둑 옆에 위치한 바위와 나무기둥까지 그들의 조상들과 같은 것을 공유하며 살아오고 있었다. 아마 지금도 그곳에 살고 있을 것이다.

얼마 전에 이 하마 귀족들의 여왕이 새끼를 낳았다. 케오라는 이름의 새끼는 통통하고 둥글둥글한 몸집을 가지고 있었다.

하마의 언어로 '케오'는 '통통하고 둥글다'는 의미가 아닌 '뚱뚱하고 게으르다'는 의미였지만, 그 여왕의 이빨은 굉장히 무시무시하고 날카로웠기 때문에 그것을 지적하는 하마는 없었다.

여왕은 자신의 아들이 세상에서 가장 사랑스럽다고 생각했다. 무엇보다 케오는 타고난 하마의 성질을 가지고 있었다. 그는 강둑 옆에 펼쳐진 진흙에서 마구 뒹굴며 놀았고 육지로 뒤뚱뒤뚱 기어나가 그곳에서 자라는 양배추 잎도 서슴없이 베어 먹으며 아침부터 밤까지 종일 행복한 시간을 보냈다.

여태 태어난 그 어떤 하마들 보다 가장 행복한 하마였다. 그의 작고 빨간 눈은 언제나 장난기가 가득했고 웃을 일이 있든 없든 항상 웃는 얼굴이었다.

그곳에 살던 흑인들은 그 쾌활한 아기 하마를 '이피'라고 불렀고 그들은 이피의 사나운 엄마에게는 절대 가까이 가지 않으려 했다. 강둑 쪽에 무리지어 사는 이피의 삼촌과 숙모, 그리고 사촌들까지 전부 굉장히 사납고 험악한 하마들이었다.

숲속에서 작은 마을을 이루며 살던 흑인들은 하마 고기를 엄청나게 좋아했는데도 불구하고 감히 이 하마 집안에는 얼씬도 하지 못했다. 하마들도 그 사실을 잘 알고 있었는데, 그들이 어쩌다 운 좋게 하마들을 산 채로 잡으면 마치 말을 타듯이 등 위에 올라타고 정글 속으로 들어가 꼼짝 못하게 묶어버리곤 했다.

그래서 하마들은 흑인들에게 나는 특유의 기름진 냄새를 맡을 때마다 그들에게 사납게 돌진 해 날카로운 엄니로 갈기갈기 찢어버리거나 거대한 발로 짓이겨 복수하곤 했다. 하마와 흑인 사이의 전쟁은 영원히 끝날 것 같지 않았다.

흑인 마을에 살고 있는 '구이'라는 소년이 있었다. 그는 족장의 조카였고 마을 주술사의 손자이기도 했다. 그 주술사는 '뼈 없는 기인'로 알려져 있었는데 마치 뱀처럼 자유자재로 똬리를 틀수도 있었고, 그가 원하는 대로 몸을 접거나 비틀 수 있었기 때문이다. 그래서인지 그의 걸음걸이는 불안정하고 흔들거렸지만 마을사람들은 모두 그를 존경하였다.

구이의 집은 나뭇가지들과 진흙 덩어리를 뭉쳐 만든 것이었으며, 그의 옷들은 풀을 엮어 만든 것들이라 볼품이 없었다. 하지만 족장의 조카와 주술사의 손자라는 사실만으로도 그는 위엄과 품위를 가질 수 있었다.

그는 사색하는 것을 즐겼는데 그들의 적인 하마들의 공격에 맞설 방안을 강구하고 어떤 방법으로 하마들을 잡을지에 대한 생각들이었다. 마침내 그는 하마를 잡기 위한 계획을 완성시켰다.

강줄기가 꺾이는 중간 부분에 거대한 구덩이를 파는 것부터 시작했다. 구덩이가 만들어지자 그 위를 작은 나뭇가지들과 흙으로 덮었다. 매끄럽게 땅을 다지고 나니 그 아래 구덩이가 있는지 전혀 상상도 할 수 없는 모습이었다. 구이는 만족한 듯 옅은 미소를 지으며 저녁식사를 하러 집으로 돌아갔다.

그날 저녁 하마 여왕이 건강하게 잘 자라고 있는 케오를 불렀다.

"강을 건너가 니키 삼촌을 불러오렴. 새로운 식물을 발견했는데 먹을 수 있는 것인지 물어보고 싶구나."

어린 하마는 여왕의 심부름에 즐거운 발걸음으로 떠났다. 마치 자신이 중요한 사람이 된 듯한 기분에 만족스러워하며 큰 소리로 웃음을 터트렸다.

"꺽꺽꺽꺽! 꺽꺽꺽꺽!"

케오는 진흙 속에서 나와 덤불을 헤치며 앞으로 저벅저벅 나아갔다. 그의 엄마가 몸을 반쯤 강물에 담그고 있을 때 아기 하마의 "꺽걱걱걱" 웃음소리는 점점 희미해져갔다.

그는 들뜬 마음으로 걷고 있었는데 갑자기 땅이 푹 꺼지는 것을 느끼고 소스라치게 놀랐다. 구이가 파놓은 구덩이 속으로 빠져버린 것이다. 다행히도 심하게 다치지는 않았지만 코를 꽝 찍고 말았다.

그는 웃음을 멈추고 어떻게 구덩이 밖으로 빠져나갈지 생각했다. 그러나 구덩이는 케오의 키 보다 훨씬 깊었고 그는 마치 감옥에 갇힌 죄수가 된 기분이었다. 그 와중에도 웃음이 터져 나왔다. 한바탕 웃고 나니 좀 진정이 되었는지 케오는 밤새 코까지 골며 푹 잠을 잤다.

다음 날 아침 구덩이 안을 들여다보던 구이가 소리쳤다.

"이피다! 아기 하마 이피다!"

흑인의 냄새를 맡은 케오는 고개를 들어 그를 물어버리려 했다. 구이는 주술사인 할아버지에게 배

워두었던 하마의 언어로 케오에게 말했다.

"진정해 아가야. 너는 내가 잡았다."

"그래. 이 구덩이에서 빠져나가자마자 네 한 쪽 다리를 당장 물어버릴거야."

케오는 여전히 희한한 소리로 웃고 있었다.

"꺽꺽꺽꺽!"

생각에 잠긴 구이는 아무 말도 없이 떠난 뒤 다음 날 아침이 되어서야 다시 돌아왔다. 구덩이 안을 들여다보니 케오는 꽤 굶주린 상태여서 웃을 힘도 남아있지 않았다.

"이제 포기했지?"

구이가 물었다.

"아니면 여전히 나랑 싸울 생각이야?"

"내가 포기하면 어떻게 되는데?"

케오가 물었다. 케오의 물음에 그는 당황스러워 헝클어진 머리카락을 긁적거리며 대답했다.

"사실 나도 잘 모르겠어, 이피. 너는 일을 하기엔

너무 어리고 너를 잡아먹자니 아직 덜 자란 너의 이빨도 쓸모없어지잖아. 아니 왜 하필 네가 이 구덩이에 빠진 거야? 난 너의 엄마나 삼촌들 중 하나를 잡으려고 구덩이를 파놓은 것인데 말이야!"

"꺽꺽꺽꺽"

케오는 웃음을 터뜨렸다.

"너는 나를 풀어줄 수밖에 없어. 나는 아직 너희에게 아무 쓸모도 없으니까 말이야."

"그렇게는 안 되지."

구이가 단호하게 대답했지만 곧 바로 덧붙여 말했다.

"대신 한 가지 조건이 있어."

"나 지금 엄청 배가 고픈데, 어디 들어나 보자."

케오가 말했다.

"만약 네가 1년하고도 하루 뒤에 다시 돌아와 포로가 된다면 당장 너를 풀어줄게. 너의 할아버지 이빨을 걸고 맹세해야만 해."

어린 하마는 잠시 생각에 잠겼다. 할아버지 이빨을 걸고 맹세하는 것은 쉽게 정할 수 있는 일이 아니었기 때문이다. 하지만 그는 당장 배가 고파 죽을 지경이었고 1년 뒤는 상당히 먼 미래처럼 느껴졌다.

그는 방정맞은 웃음을 터뜨리며 대답했다.

"좋아. 만약 지금 나를 풀어준다면 1년 하고도 하루 뒤 너희의 포로가 되러 이곳을 찾아올게. 할아버지 이빨을 걸고 맹세해."

구이는 아주 기뻤다. 1년이 지나고 나면 케오의 몸집이 상당히 커져있을 것이라 생각했다. 그는 구덩이 한쪽 끝을 파면서 흙을 덮어 경사를 만들어 케오가 그 경사를 통해 구덩이 밖으로 빠져나올 수 있게 해주었다. 다시 자유의 몸이 된 케오는 몹시 기뻐했다. 그는 마음껏 웃음을 터뜨리고는 구이에게 작별 인사를 건넸다.

"잘 있어라, 구이. 1년 하루 뒤에 다시 만나자."

케오는 엄마를 만나 밥 먹을 생각에 곧 바로 뒤

뚱거리며 다시 강 속으로 들어갔고 구이 역시 마을로 돌아갔다.

그 후 한동안 구이는 집에 누워있거나 숲속에서 사냥을 할 때 멀리서 "꺽걱걱걱!" 웃음소리가 들려왔다. 그럴 때마다 그는 미소를 띠며 혼잣말을 했다.

'일 년은 금방 지나갈 거야!'

케오는 엄마가 있는 곳으로 무사히 돌아왔고 가족들 가장 아끼는 그가 돌아와 크게 기뻐했다. 하지만 일 년 뒤 다시 흑인들의 포로로 가야 한다는 케오의 말에 그들은 몹시 슬퍼하며 통곡하였다. 눈물을 얼마나 흘렸는지 강물이 높아진 것이 눈에 띌 정도였다.

케오는 그들이 슬퍼하는 와중에도 웃음을 잃지 않았고, 이 문제를 해결하기 위해 하마 집안 전체 회의까지 소집했다.

"할아버지의 이빨을 걸고 맹세했기 때문에 반드시 그 맹세를 지켜야만 해."

니키 삼촌이 말했다.

"그렇지만 케오를 이대로 죽게 두거나 흑인들의 노예로 살게 할 순 없다."

두가 그의 말에 동의했지만 그 방법을 아는 사람은 없었다. 그렇게 몇 달이 흐르는 동안 하마들은 내내 슬픔에 잠겨 있었고 케오는 늘 그렇듯 행복하고 유쾌한 모습으로 예외였다.

마침내 약속한 시간까지 일주일간의 시간이 남아있었다. 케오의 엄마인 여왕은 극도로 초조해하며 다시 한 번 가족들을 불러 모아 회의를 열었다. 이제 케오는 엄청난 몸집을 자랑하고 있었다. 몸의 길이는 15피트(약 450cm)에다가 그 키는 6피트(약 180cm)나 되었으니 말이다. 그의 날카로운 이빨은 코끼리의 상아보다 훨씬 하얗고 단단해진 상태였다.

"만약 내 아들을 구할 수 없다면 나는 슬퍼 죽고 말 것이다."

여왕이 말했다. 그러자 가족들은 말도 안 되는 방법들을 제안했는데, 그 중 현명하기로 소문난 넵 삼촌이 입을 열었다.

"글린코모크 경에게 가서 도움을 청하는 것이 좋겠다."

그 말을 들은 모두가 아무 말이 없었다. 글린코모크 경을 만나는 것은 상당한 용기가 필요한 일이였기 때문이다. 이 세상의 모든 엄마들이 그렇듯 여왕은 아들 케오를 위해서라면 못할 것이 없었다.

"넵 삼촌이 함께 가준다면 내가 글린코모크 경을 만나러 가겠다."

그녀가 말했다. 넵 삼촌은 진흙을 앞발로 톡톡 건드리면서 잠시 생각하더니 짧은 꼬리를 좌우로 느릿느릿 흔들며 말했다.

"우리 하마들은 항상 글린코모크 경의 말에 복종하고 그에게 경의를 표해왔다. 그러니 그를 만나는 것을 두려워 할 이유가 없다. 내가 함께 가겠다."

그 말에 다른 하마들이 모두 찬성의 뜻으로 콧소리를 내었다. 한편으로는 자신들이 가지 않아도 되는 것에 안심하는 모습이었다.

그리하여 여왕과 넵 삼촌, 그리고 케오가 그들 사이에 끼어 글린코모크 경이 사는 곳으로 향했다. 하루 꼬박 강을 건너고 이튿날 저녁이 되어서야 그가 사는 동굴에 도착했다. 동굴은 높은 바위벽 아래에 위치하고 있었다.

글린코모크는 짐승, 인간, 새, 물고기의 모습이 섞여 있는 끔찍한 생물체였다. 세상이 처음 만들어졌을 때부터 존재해왔다. 그 긴 세월동안 얻은 지혜로 그는 주술사의 역할을 했었고 때에 따라 마법사, 마술사, 요정의 역할도 했다. 인간들은 그에 대해 아는 것이 없었지만 오래 전부터 살고 있던 동물들은 그의 명성을 잘 알고 있었다.

하마 셋이 동굴 앞에 멈춰 섰다. 그들은 앞발만 물 밖으로 꺼낸 채 몸통은 여전히 물속에 있는 상태였다. 그들은 한 목소리로 글린코모크를 불렀다. 곧 동굴 입구에 어두운 그림자가 드리우더니 글린코모크가 조용히 동굴 밖으로 모습을 드러냈다.

하마들은 차마 그의 얼굴을 똑바로 쳐다볼 수가 없어 다리 사이에 얼굴을 파묻고 있었다.

"글린코모크님, 당신의 자비와 도움을 구하러 왔습니다!"

넵 삼촌이 말을 꺼냈다. 그는 케오가 흑인들의 포로가 되게 생겼다며 그가 일 년 전 구이에게 할아버지 이빨까지 걸고 맹세했던 이야기를 모두 설명하였다.

"케오는 그 맹세를 지켜야만 한다."

글린코모크가 입을 열었다. 그 목소리는 마치 깊은 한숨소리와 비슷하게 들렸다. 여왕이 크게 탄식했다.

"대신 케오에게 다시 자유를 되찾을 수 있도록 그 흑인과 맞설 힘을 주도록 하겠다."

글린코모크가 말했다. 그 말을 들은 케오는 웃음을 터뜨렸다.

"오른발을 들어보아라."

글린코모크가 명령했다. 케오는 그의 말을 따라 발을 들었고 글린코모크는 털이 무성하게 나있는 긴 혀로 그의 앞발을 핥아주었다. 그리고 가느다란 네 개의 손들을 들어 케오의 머리를 잡더니 그 어떤 인간이나 동물, 새, 물고기도 알아들을 수 없는 미지의 언어로 무엇인가를 중얼거리고 난 뒤 다시 하마의 언어로 말을 했다.

"이제 너는 그 누구보다 단단한 가죽을 갖게 되었고 힘은 코끼리 열 마리를 합쳐 놓은 것보다 강해졌다. 아무리 거센 바람이 불어도 영향을 받지 않을 만큼 너의 발은 아주 빠를 것이며 명석한 지혜를 갖게 되었다.

그리하여 인간들은 너를 몹시 두려워할 것이고 그들은 스스로 너에게서 멀어지려 할 것이다. 너는 이제 너희 종족 중 가장 강력한 힘을 가진 하마가 되었다!"

여왕은 기쁨을 주체할 수가 없었다. 넵 삼촌은 문득 문득 글린코모크 끔찍한 얼굴이 떠오를 때마다 몸이 오싹했다. 강력한 힘을 갖게 되었지만 여전히 쾌활한 케오는 이 전과 다름없이 강물 깊은 곳까지 들어가 신나게 물장구를 치며 집으로 돌아왔다.

그 소식을 들은 하마들은 몹시 기뻐하며 케오를 도와준 글린코모크 경을 찬양했다. 마침내 구이와 약속한 날이 되었고 하마들은 모두 케오에게 작별의 입맞춤을 하였다. 어느 누구도 걱정하거나 두려워하는 기색이 없었다.

하마들은 정글 속으로 케오의 모습이 사라질 때까지 한참 동안 배웅했고 케오는 역시나 "꺽걱걱걱!"하는 웃음소리를 내며 의기양양한 모습으로 길을 떠났다.

구이는 케오가 돌아올 날을 손꼽아 기다렸기 때

문에 그가 올 때를 알고 있었다. 막상 생각했던 것보다 엄청나게 거대해진 몸집을 실제로 보니 깜짝 놀라긴 했지만 일 년 전 그와 약속하길 잘했다며 스스로 뿌듯해했다.

케오의 덩치가 너무나도 커서 구이는 그를 잡아먹는 것이 좋겠다고 생각했고 살코기를 제외한 부분은 마을 사람들에게 나누어줄 생각이었다.

구이는 그 즉시 칼을 들고 와 케오를 찔렀지만 그의 가죽은 너무나도 두꺼워 오히려 칼끝이 뭉툭해져버렸다. 다른 칼을 가져와 똑같이 시도해봤으나 그것도 소용없었다. 그 모습을 본 케오는 고소해하며 배꼽이 빠지도록 웃어댔다. 숲속 전체가 "꺽걱걱걱!" 소리로 울리고 있었다. 구이는 그를 죽이는 것은 불가능하다고 생각했고 대신 짐을 나르는 용으로 써야겠다고 생각했다.

그는 케오의 등에 올라타고 앞으로 나가길 명령하자 케오는 작은 눈을 반짝거리며 재빠르게 씩씩

한 발걸음으로 마을을 달려 나갔다.

흑인들은 그 모습을 보고 부러워하며 너도 나도 케오를 타보겠다고 간절히 부탁했다. 구이는 케오를 타게 해주는 조건으로 팔찌나 조개 목걸이, 혹은 금으로 만든 장신구를 받았고 얼마 지나지 않아 그는 엄청난 양의 장신구들을 손에 넣게 되었다.

어느 날엔 열두 명의 흑인들이 한꺼번에 케오의 등에 올라타 가장 앞쪽에 앉은 이가 소리치며 말했다.

"달려라! 어서 달려라!"

곧 바로 케오는 달렸다. 바람처럼 빠른 속도로 마을을 빠져나가더니 숲을 지나 금세 강둑까지 가버렸다. 흑인들은 두려움에 울부짖었지만 케오는 흥분을 주체할 수 없었고 더욱 더 빠른 속도로 달리기 시작했다.

결국 그들은 강 건너편 글린코모크 경의 동굴이 보이는 곳까지 오게 되었다. 갑자기 케오는 냅다 물

속으로 뛰어들더니 강 깊숙이 잠수를 하고 그들을 물에 빠지게 하였다.

글린코모크는 케오의 웃음소리를 들었고 그가 무엇을 할지 알고 있었다. 케오는 물 위로 떠올라 물을 뱉어냈는데 흑인들은 그 어디에도 보이지 않았다. 혼자 마을로 돌아오는 케오에게 구이가 깜짝 놀라 물었다.

"내 형제들은 어디 있어?"

"몰라."

케오가 대답했다.

"멀리 떨어진 곳에 그들을 내려놨는데 그곳에 있겠지."

구이는 몇 가지 더 물어보려했으나 또 다른 무리가 고새를 못 참고 케오 등에 올라타고 있었다. 그들은 구이에게 팔찌와 목걸이를 주며 케오 위에 자리를 잡고 가장 앞에 앉은 이가 소리쳤다.

"달려! 이 진흙괴물아! 달려라!"

케오는 아까처럼 쏜살같이 달려 글린코모크 경의 동굴 앞까지 갔다가 또 다시 혼자 돌아왔다. 구이는 이제 슬슬 걱정이 되기 시작했다. 마을에 남은 인간은 자신뿐이었다. 그는 케오 등에 올라타고는 외쳤다.

"달려라 케오! 얼마나 빠른지 보자!"

케오는 "꺽꺽꺽꺽" 웃음소리를 내며 바람처럼 쌩 달려갔다. 이번에는 자신의 가족들이 살고 있는 강둑 쪽으로 향했다. 그는 역시나 물 속 깊은 곳까지 들어가 구이를 강 한 가운데 내버려두고 물 밖으로 빠져나와 버렸다.

구이는 오른쪽 강둑을 향해 헤엄을 쳤지만 그곳에는 넵을 비롯한 하마들이 자신을 진흙 속으로 밟아 묻을 준비를 하고 있었다. 그래서 재빨리 왼쪽 강둑 쪽으로 방향을 틀었는데 그곳에도 여왕과 니키 삼촌이 이빨로 그를 갈기갈기 찢어버릴 태세를 하고 서있었다.

잔뜩 겁에 질린 구이는 비명을 지르다가 옆에서 헤엄치고 있던 케오를 발견하고는 소리쳤다.

"날 좀 구해줘, 케오! 제발 날 좀 살려줘! 당장 너를 풀어줄게!"

"그 정도로는 안 되지."

케오가 콧방귀를 끼며 말했다.

"그럼 내가 평생 동안 너의 종이 될게!"

구이가 소리쳤다.

"네가 명령하는 것은 무조건 따르겠어!"

"내가 만약 너를 구해주면 1년 하루 뒤 이곳으로 돌아와 나의 종이 되겠다고 약속할래?"

케오가 물었다.

"물론이지! 정말이야! 약속해!"

구이가 다급한 목소리로 외쳐댔다.

"네 할아버지의 뼈를 걸고 맹세해야 한다!"

구이는 할아버지의 뼈를 걸고 맹세하였다. 케오는 구이를 등에 태우고 물 밖으로 빠져나왔고 엄마와 다른 하마들에게 구이가 한 약속에 대해 말해주었다. 다행히 구이는 무사히 그곳에서 빠져나올 수 있었고 케오 역시 가족들과 행복하게 살 수 있었다.

어느덧 일 년 하루가 지나 케오는 구이가 돌아오기만을 기다리고 있었다. 하지만 그는 나타나지 않았다. 그 후로도 계속 구이의 모습은 볼 수 없었다.

구이가 사람들에게 케오를 태워주면서 댓가로 받은 팔찌와 목걸이, 금 장신구들은 엄청난 양이었다. 그는 그것들을 가지고 하마들이 알지 못하는 미지의 나라로 떠나버린 것이었다. 어마어마한 양의 장신구들은 엄청난 부를 축적시켜주었고 덕분에 구이는 그 나라의 우두머리가 되었다.

그는 낮에는 갖고 있는 부를 뽐내며 실컷 으스대는 모습이었지만 편하게 잠을 자지 못하고 뜬 눈으로 밤을 새기 일쑤였다. 양심의 가책을 느꼈기 때문이다. 구이는 할아버지의 뼈를 걸고 맹세했었다. 하지만, 그의 할아버지는 '뼈 없는 기인'이었다.

마법의 봉봉 캔디

보스턴 어느 마을에 지혜롭고 나이가 지긋한 도스 박사가 살고 있었다. 그는 마법에도 취미가 있었다. 클라리벨 써드라는 이름의 젊은 아가씨도 하나 살고 있었는데 그녀는 엄청난 재산을 가지고 있었고, 연예인이 되고 싶은 강한 열망은 높았지만 재능은 없는 여인이었다.

어느 날 그녀는 도스 박사를 찾아갔다.

"저는 노래도 못하고 춤도 못 춥니다. 노래 가사

를 외우지도 못하고 피아노도 칠 줄 모릅니다. 곡예사나 응원단이 될 만한 소질도 없지만 꼭 배우가 되고 싶습니다. 어떻게 해야 할까요?"

"배우가 되기 위해서 뭐든 할 수 있습니까?"

박사가 물었다.

"물론이죠!"

그녀는 지갑을 흔들어보였다.

"그럼 내일 오후 2시에 다시 오세요."

그가 말했다. 도스 박사는 밤새 여러 가지 종류의 마법을 실험해보았다.

다음날 오후 2시에 클라리벨은 박사를 찾아갔고 작은 상자 하나를 건네받았다. 상자 안에는 프랑스 봉봉 캔디처럼 생긴 것들이 들어있었다.

"지금 우리가 사는 시대는 나날이 발전 중이죠."

그가 말했다.

"나, 이 도스 박사가 이 시대에 맞는 엄청난 것을 만들어냈습니다. 옛날 마법은 잘 삼켜지지도 않고 삼키기에도 쓴 알약 같은 것이 전부였지만 이제 그런 시대는 아니죠. 그대의 입맛에 맞게 아주 간편하게 먹을 수 있는 것을 만들었습니다.

자, 이것이 바로 마법의 봉봉캔디입니다. 이 연보라색 캔디를 먹으면 한 마리의 우아한 백조처럼 춤을 출 수 있게 될 것입니다.

마치 평생 춤만 춰 온 무용수처럼 말입니다. 이 분홍색 캔디는 꾀꼬리처럼 아주 아름다운 목소리로 노래할 수 있는 능력을 줄 것입니다. 하얀색 캔디는 당신을 이 세상에서 가장 훌륭한 웅변가(말 잘하는 사람)로 만들어줄 것이며, 이 초콜릿 맛 캔디를 먹으면 루벤스타인보다도 훌륭한 피아노 연주 솜씨를 갖게 될 것입니다. 마지막으로 이 레몬색 캔디를 먹으면 머리 위로 6피트(약 183cm)는 거뜬히 차올릴 수 있을 정도로 유연해 질 것입니다."

"아주 멋지군요!"

박사의 말에 도취된 여인이 감탄하며 말했다.

"박사님은 이 세상에서 가장 훌륭한 마법사에요!"

그녀는 박사의 손에 든 상자를 가져가려 했다.

"에헴! 돈을 먼저 주셔야죠."

박사가 말했다.

"아, 맞아요. 사탕에 정신이 팔려서 그만."

그녀가 대답했다. 그녀가 돈을 지불하는 동안 박사는 상자를 들고 있다가 돈을 받고난 후에야 여인에게 그 마법의 캔디가 든 상자를 건네주었다.

"이 사탕들의 효력은 확실한 거죠?"

그녀가 살짝 걱정하는 표정으로 물었다.

"보통 저는 약을 먹어도 그 효과를 보는 데 시간이 꽤 걸리더라고요."

"내가 걱정하는 것은 단 한 가지뿐입니다."

도스 박사가 대답했다.

"그 효력이 너무 강하지는 않을까 하는 것인데… 마법의 캔디를 만든 것은 이번이 처음이기 때문이죠."

"걱정 마세요."

클라리벨이 말했다.

"약의 효력이 강할수록 더 멋진 연예인이 되겠네요!"

집에 돌아가는 길에 그녀는 잡화점에 들렀는데 예쁜 옷들에 정신이 팔려 이리저리 둘러보다가 그만 마법캔디가 들어있는 상자를 계산대에 두고 나와 버렸다.

베시 보츠윅이라는 소녀가 계산하려는 머리끈이 담겨 있는 상자를 클라리벨의 캔디 상자 옆에 올려두었다가, 계산이 끝나고 그 상자뿐 아니라 클라리벨의 상자까지 실수로 챙겨버렸다.

베시는 코트를 벗어 옷장에 걸어두고 자신이 사온 꾸러미를 펼쳐보고 나서야 클라리벨의 상자까지 가져오게 된 사실을 알게 되었다. 소녀는 상자를 열어보고 깜짝 놀라 소리쳤다.

"사탕 상자잖아! 누가 까먹고 놓고 갔나봐. 사탕도 몇 개 없으니 그 주인도 별로 신경 안 쓰겠지 뭐."

그녀는 사탕들을 꺼내 탁자 위의 접시에 옮겨 담았다. 초콜릿을 좋아하는 소녀는 제일 먼저 초콜릿 봉봉 사탕을 입 안에 넣었다. 사온 물건들을 이리저리 살펴보며 초콜릿을 음미하고 있었다.

베시는 아직 12살 밖에 안 된 어린 소녀였기에 많은 양의 물건을 사온 것은 아니었다. 소녀는 새로 산 머리띠를 착용해보고 있었는데 갑자기 피아노를 치고 싶어져 당장 거실로 달려가 피아노 뚜껑을 열었다.

소녀는 지금보다 더 어릴 적에 두 작품의 피아노 연주를 배우긴 했는데 실력이 워낙 형편없었다. 하지만 초콜릿 봉봉을 먹은 소녀는 스스로도 자신의 연주 솜씨에 깜짝 놀랄 만큼 아주 부드럽게 건반 위를 흐르듯 아름다운 선율을 만들어내고 있었다.

그것은 전조에 불과했다. 소녀는 베토벤 소나타 7번으로 연주를 이어갔고 그 연주 솜씨는 입을 떡 벌어지게 만들 정도였다. 아름다운 피아노 연주 소리에 소녀의 어머니는 어떤 이가 연주를 하나 싶어 아래층으로 내려왔는데 훌륭한 연주를 뽐내고 있던 사람은 다름 아닌 베시였다. 그 모습에 깜짝 놀란 소녀의 어머니는 심장에 무리가 와(원래도 지병이 있는 상태였다.) 한동안 소파에 누워있어야 했다.

그 동안에 베시는 지치지도 않고 다음 곡으로 넘어갔다. 베시는 음악을 사랑하는 소녀였고 그저 자신의 손가락들이 건반 위를 자유자재로 움직이며 아름다운 선율을 만드는 것을 감상할 뿐이었다.

날이 저물자 베시의 아버지가 일을 마치고 집에 돌아왔다. 그는 모자와 코트를 벗어 옷걸이에 걸고 우산꽂이에 우산을 끼우며 역시 아름다운 음악 소리에 누가 피아노를 치고 있나 거실 안을 들여다봤다.

"세상에나!"

그가 큰 소리로 외치자 베시의 어머니는 입술에 손가락을 갖다 대며 조용히 하라는 신호를 보냈다.

"베시의 연주를 방해하지 말아요, 존. 우리 딸이 아주 열정적으로 연주를 하고 있어요. 이렇게 훌륭한 피아노 연주를 들어본 적이 있나요?"

"와, 우리 딸은 피아노 천재임이 틀림없어!"

베시의 아버지는 여전히 입을 다물지 못한 채 감탄 중이었다.

"블라인드 탐(아프리카계 미국인 피아노 영재) 못지않다. 정말, 정말로 훌륭한 연주야!"

마침 저녁식사에 초대했던 한 상원 의원이 도착했고 아주 명성이 높은 예일대 교수도 도착했다. 베시는 여전히 연주를 이어갔다.

베시의 부모님, 그리고 의원과 교수까지 어른 넷은 모여 앉아 말없이 소녀의 연주를 들으며 저녁식사 종소리가 울리기를 기다리고 있었다.

배가 고팠던 소녀의 아버지, 보츠웍씨는 탁자에 놓여있던 사탕 접시에서 분홍색 봉봉을 골라 입에 넣고 옆에 있던 교수에게 접시를 건네주자 그는 레몬색 봉봉을 집어 먹었다. 의원은 연보라색 봉봉을 골랐지만 그 자리에서 먹지는 않았다. 식사 전에 단 것을 먹으면 입맛을 버릴 것 같아 조끼 주머니에 넣어 두었다.

베시의 어머니는 딸의 훌륭한 연주에 넋을 빼앗긴 채 무의식적으로 접시에 남아있던 마지막 하얀색 봉봉을 입에 넣었다.

사탕 접시에는 아무것도 남아있지 않았다. 클라리벨의 귀중한 마법의 봉봉 사탕들이 그들의 입 속으로 사라지고 만 것이다! 그 때 보츠웍씨가 갑자기 높은 소프라노 음의 날카로운 목소리로 노래를 부르기 시작했다. 베시의 연주와 전혀 어울리지 않는 노래였다. 교수는 그 충격적인 불협화음에 웃음이 터졌고 의원은 그 망측한 화음을 견디기 못하겠다는 듯 귀를 막고 있었다. 그의 부인이 큰 소리로 외쳤다.

"윌리엄!"

하지만 보츠웍씨는 부인과 손님들의 반응은 신경 쓰지 않고 계속해서 노래에 심취해 있었다. 마치 유명한 스위스 오페라 가수 크리스틴 닐슨을 흉내 내려는 것처럼 보였다.

다행히 때마침 저녁식사 준비가 끝났다는 종소리가 들렸다. 베시의 어머니는 피아노 연주를 하고 있는 베시와 손님들을 식당으로 안내하였다. 보츠윅씨는 환호하는 관중들에게 마치 앙코르 공연을 선사하듯 '한 떨기 장미꽃'을 부르며 식당으로 들어갔다.

그의 부인은 남편의 품위 없는 행동을 어떻게 해야 멈추게 할 수 있을지 고민하고 있었다. 교수의 얼굴은 평소보다 심각해 보였고 의원 역시 어딘가 불만족스러워 보였다. 그 와중에도 베시는 손가락을 움직이며 피아노를 치고 싶어 하고 있었다.

부인이 모든 이들의 자리를 안내하자마자 남편이 또 다른 아리아를 부르기 시작했다. 가정부가 수프를 들고 왔다. 그녀가 교수의 접시에 수프를 따라 주자 보츠웍씨의 목소리는 더욱 커졌다.

"더 높이 들어라! 더 높이!"

그리고 갑자기 벌떡 일어나 수프 접시를 발로 뻥 차는 바람에 접시가 천장에 부딪혀 온 사방에 수프가 튀었다. 당연히 접시도 산산조각이 나고 잔해물들이 교수의 벗겨진 머리 위로 떨어지고 말았다.

말도 안 되는 그의 행동에 잔뜩 화가 난 의원이 호통을 치며 그의 부인에게 탓하듯 노려보았다. 부인 역시 멍한 얼굴로 그를 쳐다보고만 있다 갑자기 허리를 숙여 우아하게 인사를 하더니 힘차게 '빛의 여단의 돌격'을 낭송하는 것이 아닌가!

의원은 충격에 빠졌다. 그런 망신스러운 행동은 본 적도 들은 적도 없었다. 게다가 이런 품위 있는 집안에서 말이다. 계속 그 자리에 있기엔 자신의 명성까지 더럽혀질 것 같았고 여기 있는 이들이 모두 제정신이 아닌 것 같았다. 누구와도 말이 통할 것 같지 않았다.

가정부 역시 그 해괴한 광경에 소스라치듯 부엌으로 도망쳤다. 보츠웍씨는 심취한 모습으로 '약속해주오'를 부르고 있었고, 교수는 샹들리에의 유리구슬에 닿으려고 발을 뻗고 있었다. 부인은 '불타는 갑판 위의 소년'을 낭송하고 있었으며, 베시는 다시 피아노로 '방황하는 네덜란드 선'을 연주하고 있었다.

이런 말도 안 되는 상황을 보고 있자니 의원은 유일하게 멀쩡한 자신도 모르게 바보스런 행동들을 하게 될지 모른다는 생각에 얼른 코트를 집어 들고 서둘러 그 집을 빠져 나왔다.

다음 날 저녁에 의원은 패늘 강당에서 연설이 있어 밤늦게 까지 원고 준비를 해야만 했는데 보츠웍씨 집에서 있었던 일이 자꾸만 떠올라 도저히 일에 집중을 할 수 없었다. 그 덕망이 있는 집안에서 일어난 말도 안 되는 상황들이 떠오를 때마다 고개를 흔들며 생각을 떨쳐버리려 했다.

다음 날, 의원은 거리에서 우연히 보츠윅씨와 마주쳤다. 그를 아는 척 하고 싶지 않아 냉랭한 표정으로 그를 못 본 체 지나갔다. 보츠윅씨는 무시를 당한 것 같아 몹시 기분이 나빴지만 전날 밤 기억이 희미하게 떠오르는 것 같았다. 혹시 의원에게 실수한 것이 있는지 떠올려보려 했지만 더 이상은 생각이 나지 않았다.

그날은 중대한 정치 간담회가 열리는 날이었고 그 중에서도 하이라이트는 보스턴에서 가장 유명한 웅변가로 알려진 의원의 연설이었다.

강당에는 엄청난 수의 사람들이 모여들었다. 앞쪽에는 보츠윅씨의 가족들이 일렬로 앉아있었고 그 옆에는 예일 교수의 모습도 보였다. 그들은 어찌나 화려한 밤을 보냈는지 몹시 피곤해 보이는 모습이었다. 의원은 그들을 보니 더 긴장되는 것 같아 시선을 다른 쪽으로 돌려버렸다.

시장이 의원을 소개하는 동안 그는 긴장 한 탓에 안절부절 하지 못했고 손가락을 꼼지락거리다 마침 조끼 주머니 속에 넣어두었던 연보라색 봉봉이 손에 잡혔다.

"이걸 먹으면 좀 낫겠지."

의원은 얼른 사탕을 입에 넣었다. 잠시 후 그는 엄청난 규모의 관중 앞에 모습을 드러냈고 의원의 모습을 본 관중들은 우레와 같은 박수갈채를 보내고 있었다.

"존경하는 시민 여러분"

의원은 근엄한 목소리로 연설을 시작했다.

"오늘은 아주 뜻깊은 날입니다."

그는 잠시 멈추더니 갑자기 왼발로 중심을 잡고 유능한 무용수처럼 오른발을 공중으로 차올리는 것이 아닌가!

　관중들이 웅성거리기 시작했다. 하지만 의원은 전혀 개의치 않는 듯 발끝을 들고 한 바퀴 빙 돌더니 양 발을 번갈아 가며 차올리고 있었다. 게다가 앞쪽에 앉아있던 대머리 교수에게 애정의 눈빛을 보내 모든 이들이 경악하게 만들었다.

　우연하게도 그 강당에 클라리벨 써드도 있었다. 그 모습을 본 클라리벨은 벌떡 일어나 무아지경의 모습으로 춤을 추는 의원을 향해 손가락질을 하며 그녀가 외쳤다.

　"저 의원이 내 봉봉캔디를 훔쳐갔어요! 저 사람을 잡아야 해요! 당장 체포하세요! 도망가게 놔두면 안돼요!"

　하지만 경비원들은 오히려 그녀를 미친 사람처럼 취급하며 강당 밖으로 끌어냈다. 무대에서 춤을 추던 의원은 동료 의원들이 겨우 붙잡아 무대에서 내려오게 하고 차에 태워 집으로 보냈다.

의원이 먹은 봉봉캔디의 효과는 차 안에서도 계속됐다. 비좁은 차 안에서까지 몸을 세워서 집에 가는 내내 격정적으로 춤을 췄다. 그 차를 따라가던 소년들은 그 우스꽝스러운 모습을 보며 즐거워했고 다른 시민들은 고개를 저으며 탄식했다.

"아, 훌륭한 사람이었는데…"

그 날 이후 의원은 한참 동안 고개를 들고 다닐 수 없었다. 이상하게도 무엇 때문에 자신에게 그런 말도 안 되는 일이 일어난 건지 알 수 없었다. 그래도 마지막 봉봉 사탕까지 모두 먹고 없으니 다행인 것일지도 모르겠다. 사탕이 하나라도 남아있다면 또 다른 곤란한 상황이 생길지도 모르는 일이니 말이다.

클라리벨은 다시 도스 박사를 찾아가 엄청난 금액을 지불하고 마법의 봉봉 캔디를 구해왔다. 이번에는 각별히 주의를 기울여야만했다. 이제 그녀는 유명한 연예인이 되었기 때문이다.

―

 이 이야기를 통해 우리는 남들이 하는 행동을 함부로 판단하지 말아야 한다는 교훈을 얻었다. 우리 역시 언제 무슨 일을 저지를지 전혀 알 수 없기 때문이다. 덧 붙이자면, 자신 소지품에 각별히 주의를 기울이고 남의 물건은 절대로 손대지 말아야 한다는 점도 배울 수 있었다.

밧줄에 묶인
시간의 할아버지

짐은 애리조나 주의 넓은 평원에 살고 있는 카우보이의 아들이었다. 그의 아버지는 밧줄로 야생마나 새끼 황소를 잡는 법을 알려주며 그를 잘 훈련시켜 애리조나에서 가장 뛰어난 카우보이로 만들 생각이었다.

짐이 12살이 되던 해, 찰스 삼촌이 살고 있는 동부에 처음 가게 되었고 그는 사촌들에게 밧줄을 능

수능란하게 다룰 수 있는 카우보이의 모습을 뽐내고 싶어 했다.

처음에 짐의 사촌들은 그가 말뚝이나 기둥에 밧줄을 던지는 모습에 굉장히 흥미로워했지만 그들의 관심은 오래가지 않았고 짐 역시 밧줄을 던지며 노는 것이 그 동네에는 어울리지 않다고 생각했다.

그러던 어느 날 정육점 주인이 짐을 찾아와 자신의 말을 목장으로 몰고 가달라는 부탁을 했다. 말을 타보는 것이 소원이었던 짐은 당장 그러겠다고 대답하고 밧줄을 던져본지도 오래된 것 같아 밧줄도 챙겨 나갔다.

그는 말을 타고 점잖게 거리를 지나고 있었는데 눈앞에 탁 트인 넓은 땅이 보이자 갑자기 알 수 없는 기쁨과 승리감이 가슴 속에서 터져 나왔다. 말을 세게 채찍질하며 진짜 카우보이의 모습처럼 전속력으로 질주하기 시작했다. 하지만 여전히 뭔가 부족한 느낌이었다.

그는 옆의 땅과 경계를 쳐놓은 울타리들을 모두 제거하고 들판을 신나게 달렸다. 그리고 함성을 지르며 마치 소 떼를 모는 것처럼 허공에 올가미를 던졌다. 그 때 갑자기 올가미에 무언가 걸린 느낌이 들었다. 땅에서 1m정도 떨어진 높이에 올가미가 팽팽하게 묶여 짐은 하마터면 말에서 떨어질 뻔했다.

상상도 못한 일이었다. 그곳은 작은 그루터기조차도 없는 허허벌판이었다. 짐이 깜짝 놀라 눈이 휘둥그레졌는데 그 때 어디선가 목소리가 들려왔다. 그제야 그는 정말로 밧줄에 무언가가 걸려있다고 생각했다.

"여기다! 여기! 나를 풀어라! 네가 무슨 짓을 한 것인지 모르겠느냐!"

짐의 눈에는 아무것도 보이지 않았다. 풀어주고 말고 할 수도 없었다. 아버지에게 배운 방법을 써보는 수밖에 없었다. 말을 타고 달리며 밧줄이 묶여있는 주변을 살펴보기로 했다.

목소리가 들리는 곳으로 점점 가까이 가자 밧줄이 둘둘 감겨있는 모습이 보였지만 밧줄이 감싸고 있는 것이 무엇인지는 알 수 없었다. 게다가 밧줄 한 쪽 끝이 말안장 고리에 단단히 묶여 있어서 더 이상 늘어나지 않았고 말은 겁에 질려 히잉 소리를 내기 시작했다.

짐은 말에서 내려 한 손으로 고삐를 잡고는 밧줄이 감겨있는 곳으로 갔다. 그제야 밧줄에 묶여있는 노인의 모습을 볼 수 있었다.

그는 대머리에 허리까지 내려오는 백발의 수염을 가지고 있었고 하얀 리넨으로 만든 헐렁한 가운 같은 것을 입고 있었다. 한 손에는 커다란 낫을 쥐고 반대 쪽 겨드랑이에는 모래시계를 끼고 있었다. 짐이 깜짝 놀라 그를 바라보자 노인이 잔뜩 화난 목소리로 고함을 쳤다.

"얼른 이 밧줄을 풀어라! 너의 멍청한 짓으로 이 세상의 모든 것이 멈추어버렸다. 어딜 보고만 있느냐? 내가 누구인지 모르겠느냐?"

"모, 모르겠습니다."

짐은 얼빠진 표정으로 대답했다.

"나는 시간을 지배하는 신, 시간의 할아버지다! 당장 밧줄을 풀거라! 세상을 원래대로 돌려놓길 바란다면 당장 나를 풀어주어야 할 것이야!"

"어떻게 내가 던진 밧줄에 묶인 겁니까?"

짐은 그 자리에 서서 노인에게 물었다.

"모른다! 나도 이런 일은 처음이란 말이다!"

노인이 포효하듯 말했다.

"네가 멍청하게 이리저리 밧줄을 던지는 바람에 이런 일이 생긴 것 아니겠느냐!"

"할아버지가 여기 있는 줄 몰랐습니다."

짐이 말했다.

"그랬겠지. 인간들은 반경 1m 이내에서만 내 모습을 볼 수 있는데 그래서 나는 항상 인간들과 일정한 거리를 유지하려고 아무도 살지 않는 이 들판에서 머무르고 있는 것이었다. 만약 네가 그 밧줄만 마구 휘두르지 않았어도 이런 일이 벌어지지는 않았을 텐데."

그는 퉁명스럽게 말했다.

"자, 그럼. 이제 나를 좀 풀어주지 않겠느냐?"

"왜 내가 그래야하죠?"

짐이 물었다.

"내가 이 밧줄에 묶인 순간 이 세상의 모든 것이 멈춰버렸다. 이대로 세상이 멈춘 채 끝나버리길 바라는 것이냐? 내가 이렇게 꼼짝도 못하게 된 순간부터 모든 것이 멈춰버렸다는 말이다!"

짐은 웃음을 터뜨렸다. 턱부터 무릎까지 밧줄이 둘둘 감겨있는 노인의 모습은 굉장히 우스꽝스러웠다.

"이참에 좀 쉬세요."

소년이 말했다.

"듣자하니 굉장히 바쁘게 살아온 것 같으니 말입

니다."

"그렇긴 하지."

노인이 한숨을 쉬며 대답했다.

"지금쯤 캄차카 반도(러시아 북동부에 있는 반도)에 있을 시간인데, 휴. 이 무지한 소년 때문에 내 모든 일정이 틀어지다니!"

"거참 안됐군요."

짐이 씩 웃으며 말했다.

"하지만 시간이 멈췄다한들 잠시 쉬어가는 것도 나쁘지 않을 겁니다. 당신을 풀어주는 순간 시간은 다시 예전처럼 흘러갈 테니까요. 그나저나 날개는 어디 있나요?"

"날개 같은 건 없다."

노인이 대답했다.

"나를 본 적도 없는 인간들이 지어낸 말이다. 사실 나는 생각보다 훨씬 천천히 움직인다."

"그렇군요. 그럼 지금도 서두를 것이 없겠네요."

소년이 말했다.

"그 낫은 뭐에요?"

"인간들의 목을 벨 때 쓰는 것이다."

노인이 말했다.

"내가 이 낫을 휘두르면 인간은 죽는 것이다."

"그렇다면 내가 할아버지를 잡아두면 인간들의 목숨을 살려주는 것이나 마찬가지네요."

짐이 말했다.

"오래 살 수 있는 사람들이 많아지겠어요."

"인간들은 이 사실을 모르지."

노인은 씁쓸한 미소를 지었다.

"인간들에게 좋을 것도 없어. 당장 나를 풀어주는 것이 좋을 거다."

"안 돼요."

짐은 단호해진 말투로 대답했다.

"다시는 할아버지를 잡을 기회가 없을 것 같은데 당분간 할아버지를 이렇게 잡아두면서 세상이 어떻게 되는지 볼래요."

그는 다시 고삐를 잡고 안장 위에 올라타서 노인을 말 위에 매달은 채 마을로 돌아갔다. 마을로 향하는 동안 짐의 눈앞에는 이상한 광경이 펼쳐졌다.

길 한 중간에 말과 마차의 모습이 보였다. 말은 두 앞발과 고개를 쳐들고 있는 상태로 멈춰있었고 마차 안에는 한 쌍의 남녀가 앉아있었는데 그들 역시 돌처럼 굳어 꼼짝도 하지 않았다.

"저들에게는 시간이 없다!"

노인이 한숨을 쉬며 말했다.

"제발 나를 풀어주지 않겠나?"

"아직은 안 됩니다."

소년이 답했다. 그는 계속해서 마을로 향했다. 눈앞에 보이는 사람들은 모두 그 자리에 얼어붙은 듯 꼼짝도 하지 않는 상태였다.

그들은 마을에서 가장 큰 옷 가게 앞에 말을 묶어두고 가게 안으로 들어갔다. 가게 주인은 길게 늘

어선 손님들에게 옷을 보여주며 치수를 재고 있는 모습으로 멈춰있었다.

가게 안에 있던 사람들 모두가 조각상처럼 굳어 있는 모습이었다. 이 기괴한 광경에 짐은 소름이 돋고 식은땀까지 흐르기 시작했다. 얼른 가게 밖으로 나왔다. 길거리에는 절름발이 거지 하나가 모자를 손에 쥔 채 바닥에 굳어있었고 그 옆에는 부유해 보이는 신사 한 명이 모자 안에 동전을 넣으려하는 모습이었다.

돈은 많지만 짠돌이인 그 신사를 알고 있었던 짐은 그의 주머니 안쪽 지갑에서 20달러를 꺼냈다. 그는 신사가 쥐고 있던 페니(0.1달러) 대신 그 돈을 손가락에 쥐어주고 지갑을 다시 주머니 안에 넣어 놓았다.

'다시 시간을 가게 간다면 엄청 좋아하겠지?'

소년은 생각했다. 그는 다시 말을 타고 가는 길에 말을 빌려준 정육점 주인의 가게가 보였다. 가게 바

끝에는 고기들이 매달려 있었다.

"저 고기는 곧 상해버리겠지."

소년이 말했다.

"고기는 금방 상하지 않는다."

노인이 대꾸했다. 딱히 믿음이 가지 않는 말이었지만 사실이었다.

"그러고 보니, 세상 모든 것들이 시간과 밀접한 관계를 맺고 있는 것 같네요."

짐이 말했다.

"그래. 너는 지금 이 세상에서 가장 중요한 임무를 가진 자를 묶어두고 있는 것이다."

노인이 신음했다.

"그래도 너는 나를 풀어줄 생각도 전혀 없지 않느냐."

짐은 아무 대답도 하지 않았고 그의 삼촌 집에 도착했다. 거리에는 많은 사람들이 있었지만 그 누구도 움직이지 않고 있었다. 그의 사촌들은 학교에 가기 위에 문밖을 나서던 참이었다. 짐은 그들과 부딪치지 않기 위해 울타리 위를 뛰어넘어야만 했다.

방 앞에는 숙모가 성경을 읽고 있는 상태로 멈춰 있었다. 책장을 넘기려던 것처럼 보였다. 부엌에는 점심식사를 하고 있던 삼촌의 모습이 보였다. 그는 포크를 들고 입을 쩍 벌린 상태에서도 시선은 옆에 놓인 신문을 향해 있었다. 짐은 삼촌 앞에 놓인 파이를 집어먹으며 노인이 있는 곳으로 나왔다.

"궁금한 것이 있어요."

그가 말했다.

"무엇이냐?"

노인이 물었다.

"다른 사람들은 전부 다 멈춰있는데 왜 저만 움직일 수 있는 거죠?"

"네가 나를 잡았기 때문이지."

노인이 대답했다.

"지금은 네 마음대로 시간을 움직일 수 있지만

아주 신중해야 할 것이다. 그렇지 않으면 나중에 후회할 일이 생길 테니 말이다."

짐은 공중에 멈춰 있는 새에게 파이 껍질을 던져주었다.

"그런데요."

소년은 웃으며 말을 이어갔다.

"저는 다른 사람들보다 오래 살 거예요. 누구도 나를 따라잡을 수 없을테니까요."

"모든 인간은 태어날 때부터 수명이 정해져 있다."

노인이 말했다.

"그 정해진 시간을 살고 나면 내가 낫으로 삶을 마감하게 해주는 것이지."

"아, 낫을 까먹고 있었군요."

짐은 생각에 잠겼다. 얼마 후 소년은 장난기 가득한 얼굴로 다시는 없을 것 같은 이 기회를 이용해 뭔가 재밌는 일을 벌이고 싶었다.

그는 삼촌 집 말뚝에 노인을 묶어 도망가지 못하게 하고 길 건너 식료품 가게로 향했다. 그 가게 주인은 아침에 실수로 무가 담긴 바구니를 밟은 짐을 심하게 야단쳤었다. 소년은 그에게 복수를 하고자 가게 뒤쪽으로 가서 시럽이 나오는 꼭지를 열었다.

"시간이 풀리면 온 사방에 끈끈한 시럽 천지겠구나."

짐은 혼잣말을 하며 깔깔댔다. 길을 조금 더 내려가서 이발소로 향했다. 어린 아이들이 '동네에서 가장 못된 사람'이라고 부르는 남자가 이발소 의자에 앉아있었다.

그는 애들을 좋아하지 않았고 그들도 그 사실을 알고 있었다. 이발사는 남자의 머리를 감겨주려던 참이었는데 짐은 곧 바로 문방구로 달려가 고무풀 한 통을 가져와서는 남자의 헝클어진 머리 위에 마구 뿌렸다.

"다시 시간이 흐르고 나면 기겁을 하겠지."

짐은 잔뜩 신난 상태였다. 이발소 근처에는 작은 학교가 있었다. 교실 안에 들어가 보니 몇 안 되는 학생들이 모여 있었다. 선생님은 교탁에 앉아 여느 때와 같이 미간을 찌푸리며 심각한 모습이었다. 짐은 분필을 쥐고 칠판에 커다랗게 글씨를 썼다.

'모든 학생들은 교실에 들어올 때마다 고함을 질러야하고 나를 향해 책을 던져주길 바란다. 특히, 내 머리면 더 좋다.

- 샤프 교수 -'

"아주 볼만하겠군."

짐이 교실 밖을 나가며 속삭였다. 도로 모퉁이에는 멀리건이라는 이름의 경찰이 있었다. 그는 동네에서 가장 수다쟁이인 스크래플 여사와 이야기를 나누고 있었다.

그녀는 이웃들의 안 좋은 소문들을 마구 떠들어

대는 여인이었다. 짐은 이 좋은 기회를 놓칠 수가 없었다. 그는 경찰에게서 모자와 외투를 벗겨 스크래플 여사에게 입혔고 반대로 여인의 깃털 달린 모자는 경찰의 머리에 씌워주었다. 그 우스꽝스러운 모습에 소년은 크게 웃음이 터졌다.

더더욱 그들 주위에 서있는 많은 사람들을 보니 시곗바늘이 다시 움직이는 순간 더욱 더 사람들의 이목을 끌 것 같았다. 그 순간 말뚝에 묶어두었던 노인이 떠올라 그가 있는 곳으로 돌아갔다. 1m내로 가까이 들여다보니 인내심이 한계에 다다른 노인의 모습이 보였다.

"대체 언제 나를 풀어줄 것이냐?"

그가 격렬하게 소리치며 물었다.

"할아버지의 낯이 생각났어요."

짐이 말했다.

"낯이 어떻단 말이냐?"

노인이 물었다.

"만약 제가 할아버지를 풀어주면 그 낫으로 즉시 나를 쳐버리실 거죠?"

소년이 물었다. 노인은 심각한 표정으로 소년을 바라보며 말했다.

"나는 오랜 세월을 살아오며 소년들에 대해 잘 안다. 장난기 가득하고 가끔은 무모한행동을 한다는 것을 잘 알지. 하지만 난 장차 이 세상에 주인이 될 그런 어린 소년들을 좋아한단다.

만약 어른이 나를 묶어놨다면 당장 그를 위협해서라도 나를 풀어주도록 만들었겠지만, 그들과는 달리 어린 소년들을 겁먹게 하기는 쉽지 않은 일이야. 너를 꾸짖으려는 것이 아니다.

나 역시 오래 전에 소년이었던 시절이 있었으니 말이다. 네가 이 흔치 않은 기회를 충분히 즐겼을 것이라 생각하고 내 말을 이해해주길 바란다. 제발 나를 풀어다오. 그럼 내가 붙잡혔던 일은 모두 없었던 걸로 해주겠다. 시간이 조금 멈췄다고 큰 문제는 생기지 않았을 거야."

"알겠어요."

짐이 쾌활한 목소리로 대답했다.

"저를 죽이지 않겠다고 약속했으니 할아버지를 풀어드릴게요."

소년은 시간이 다시 흐르게 되면 몇몇 사람들은 시간이 멈췄던 것을 알 수 있지 않을까 생각했다. 그는 조심스럽게 밧줄을 풀었다. 노인은 낫을 어깨에 멘 뒤 옷매무새를 가다듬고 고개를 까딱이며 소년에게 작별 인사를 했다.

눈 깜짝할 새에 노인의 모습이 사라지자 나뭇잎이 바스락거리기 시작하면서 사람들과 마차가 우르릉 소리를 내며 움직이는 소리가 들려왔다. 언제 무슨 일이 있었냐는 듯 예전과 다를 바 없는 모습이었다.

짐은 풀어 놓았던 밧줄을 정리한 뒤 말 위로 다시 올라타고 천천히 거리를 지나갔다. 모퉁이에서 나는 큰 소리에 금세 사람들이 몰려들었다.

경찰 옷을 입고 있는 스크래플 여사가 잔뜩 화난 모습으로 멀리건 경찰에게 주먹을 휘두르고 있었다. 사람들은 깔깔거리며 웃고 있었고 경찰은 여인의 모자를 마구 짓밟으며 분통을 터뜨리고 있었다. 짐은 학교에서 들리는 고함소리에 발길을 멈췄다. 그가 칠판에 써놓은 글 때문에 샤프 교수가 쩔쩔매고 있는 것이 분명했다.

학교를 지나 이발소 앞을 지나면서 창문 안을 보니 '못된 남자'가 빗으로 이발사를 무언가를 마구 털어내고 있었다. 그의 머리는 마치 칼날처럼 사방으로 삐쭉삐쭉 뻗어있는 모습이었다. 식료품점 주인은 소리 지르며 헐레벌떡 뛰어다니고 있었다. 그의 발이 닿는 모든 곳에는 시럽 자국이었다.

짐은 그 모습들을 보며 몹시 즐거워했다. 한창 신나 있는데 갑자기 누군가 그의 발을 잡아 말 아래로 끌어내렸다.

"요 녀석아! 지금 뭐하고 있는 것이냐!"

정육점 주인은 잔뜩 화가 나있었다.

"플림턴 목장까지만 말을 몰고 가달라고 했지! 누가 여기까지 말을 몰고 오라고 했니!"

"아 맞다. 말이 있었지. 깜빡 잊고 있었어요."

짐이 놀란 표정으로 대답했다.

―

이 이야기는 시간의 대한 중요성과 시간이 이 세상에 얼마나 큰 영향을 끼치는지를 말하고 있다. 만약 짐이 그랬던 것처럼 또 한 번 시간이 멈추게 된다면 이 세상은 아주 삭막하고 혼란스러워 질 것이다.

마법의 우물

돌멩이로 가득한 황량한 뉴잉글랜드 땅에서 농장을 일구는 한 부부가 살고 있었다. 그들은 성실하고 소박한 사람들이었다. 척박한 땅이라 아침부터 밤까지 하루 종일 일해도 입에 풀칠만 간신히 할 수 있을 정도였다.

그들은 가파른 언덕에 세워진 작은 단층집에 살고 있었고 집 주변에는 돌무더기뿐이라 어떤 식물도 자라지 못하는 환경이었다. 집에서 400m가량

굽이진 길을 내려가면 언덕 아래쪽에 작은 개울이 하나 흐르고 있었는데 부인은 물을 얻으러 매번 그 개울까지 내려갔다가 다시 언덕을 올라와야만 했다.

이렇게 힘들고 반복적인 일을 하다 보니 그녀는 눈에 띄게 야위어 갔다. 그러나 그녀는 전혀 불평하는 내색 없이 묵묵히 맡은 일을 했다. 물을 길러오는 것뿐 아니라 남편이 곡식을 수확할 때 괭이질도 도왔다. 그녀는 여느 때처럼 물을 길으러 가는 중이었는데 딱정벌레 한 마리가 뒤집어진 채로 이리저리 몸부림치고 있었다.

그 벌레 혼자 힘으로는 다시 뒤집는 것이 불가능해 보였기에 착한 심성을 가진 여인은 부드러운 손길로 딱정벌레를 다시 뒤집어 주었다. 그러자 벌레는 잽싸게 사라져버렸고 그녀는 다시 개울가로 발걸음을 옮겼다.

다음 날에도 여인은 물을 얻으러 개울로 향했다.

그런데 전날 봤던 딱정벌레가 또 뒤집어진 채로 몸부림을 치고 있는 것이었다. 이번에도 여인은 벌레를 도와주었다. 그 때 여인의 귓가에 작은 목소리가 들려왔다.

"오, 고맙습니다! 저를 구해줘서 정말 고맙습니다!"

딱정벌레가 말을 하는 모습에 깜짝 놀란 그녀는 한 발짝 뒤로 물러서며 소리쳤다.

"깜짝이야! 벌레가 말을 하다니!"

여인은 이내 정신을 차리고 다시 한 번 몸을 숙여 벌레를 살펴보았다.

"왜 제가 말을 할 수 없다 생각하죠?"

"너는 작은 곤충이잖니."

여인이 대답했다.

"그렇죠. 어쨌든 당신은 제 목숨을 살려주었습니다. 참새에게 잡아먹힐 뻔했는데 당신 덕분에 살 수 있었습니다. 한 번도 아니고 두 번이나 저를 살려주었으니 이 은혜를 어떻게 갚아야 할지 모르겠군요. 벌레의 목숨도 인간의 목숨만큼이나 소중한 것이죠. 저는 당신이 생각하는 것보다 훨씬 더 가치 있는 생명체입니다. 그나저나 당신은 왜 매일 개울가에 가는 건가요?"

"물, 물을 얻으려고."

여인은 얼빠진 표정으로 딱정벌레를 바라보며 대답했다.

"매일 왔다 갔다 하는 것이 힘들지 않아요?"

벌레가 물었다.

"당연히 힘들지. 하지만 내가 사는 언덕 위에는 물을 얻을 수 있는 곳이 없어."

그녀가 대답했다.

"우물을 파는 건요?"

벌레가 물었다. 여인은 고개를 내저었다.

"남편이 시도해보았지만 물이 나오지 않았어."

슬픈 표정으로 그녀가 대답했다.

"다시 해보세요."

딱정벌레가 말을 계속했다.

"저를 구해준 보답으로 당신에게 약속을 하나 하겠습니다. 우물에서 물이 나오지 않는다 해도 그보다 더 귀한 것을 얻게 될 것입니다. 이제 저는 이만 가야 합니다. 잊지 마세요! 꼭 우물을 파세요!"

작별 인사를 할 틈도 없이 벌레는 눈 깜짝할 새에 바위 사이로 모습을 감추었다. 여인은 집에 돌아와서도 벌레가 한 말이 믿기지 않았고 그녀는 일을 마치고 돌아온 남편에게 벌레가 해준 이야기를 모두 들려주었다. 남편은 잠시 생각에 잠기더니 입을 열었다.

"딱정벌레의 말이 진짜일 지도 모르오. 그 벌레가 말을 하는 것도 굉장히 놀라운 일이잖소. 그러니 우물을 파면 물이 나올 수도 있소. 아, 저번에 사놓고 헛간에 내버려두었던 펌프를 가져와야겠구나. 벌레가 말한 대로 땅을 파기만 하면 되오. 별로 힘들 것도 없고 내가 늘 하던 일과 비슷하니 내일 당장 우물을 파겠소."

다음 날 그는 땅 속 깊이까지 구멍을 파기 시작했다. 혼자 빠져나오기 힘들 정도로 깊게 구멍을 팠지만 물은 한 방울도 나오지 않았다.

"더 깊게 파면 물이 나오지 않을까요?"

집에 돌아온 남편의 말을 들은 부인이 말했다. 그리고 또 다음날 남편은 긴 사다리를 구덩이 안에 집어넣고 타고 내려가면서 더 깊게 구덩이를 파기 시작했다. 파고 또 파고 계속해서 팠다. 마침내 그 긴 사다리의 꼭대기조차 구덩이의 입구에 닿지 않을 정도로 엄청난 깊이의 구덩이가 만들어졌다. 하지만 여전히 물은 단 한 방울도 나오지 않았다.

여인은 큰 물통을 이고 개울로 가던 중 바위 위에 있던 딱정벌레를 발견했다. 그녀가 걸음을 멈추고 벌레에게 말을 걸었다.

"남편이 우물을 열심히 팠는데 물은 한 방울도

나오지 않았어."

"우물 안에 펌프를 넣어보았나요?"

벌레가 물었다.

"아니. 펌프는 넣어보지 않았지."

그녀가 대답했다.

"제가 시킨 대로 하세요. 우물 안에 꼭 펌프를 넣어 보세요. 물이 나오지 않더라도 그 대신 엄청난 것이 나올 거예요."

그 말을 마지막으로 남기고 벌레는 순식간에 사라져버렸다. 여인은 집으로 돌아가 벌레에게 들은 이야기를 남편에게 다시 전했다.

"음, 손해 볼 것도 없으니 한 번 더 해봅시다."

남편의 단순한 대답이었다. 그는 헛간에 있던 펌프를 가져와 그가 파놓았던 구덩이 속에 넣었다. 손잡이를 잡고 펌프질을 했고 부인은 옆에서 그 모습을 지켜보고 있었다.

여전히 물은 나오지 않았다. 하지만 잠시 후 펌프

입구에서 금화가 나오는 것이 아닌가!

하나, 둘, 셋… 얼마 지나지 않아 양손을 꽉 채우고도 부족하여 많은 양의 금화가 땅으로 떨어지는 것이었다.

남편은 펌프질을 멈추고 부인이 앞치마로 동전들을 싸는 것을 도와주었다. 그들은 잔뜩 흥분한 탓에 양손을 덜덜 떨며 떨어진 동전들을 겨우 집어 들었다. 금화는 그녀의 가슴팍 위까지 쌓였고 부부는 집으로 달려갔다. 탁자 위에 동전들을 올려놓고 하나 둘 세기 시작했다.

그 동전들은 모두 5달러짜리 동전이었다. 어떤 것들은 낡고 변색되기도 했지만 발행된 지 얼마 되지 않아 반짝거리는 새 동전들도 많이 있었다. 모아온 동전을 모두 세어보니 약 300달러나 되었다. 부인이 입을 열었다.

"여보, 물보다 더 귀한 것을 얻을 것이라던 딱정벌레의 말이 정말이었어요. 다른 사람들이 발견하기 전에 어서 펌프 손잡이를 빼오세요."

남편은 얼른 우물로 달려가 펌프의 손잡이를 빼고 침대 밑에 숨겨두었다.

그들은 밤새 잠도 못자고 뒤척였다. 이런 행운에 감탄하며 이 많은 돈으로 무엇을 하면 좋을지 행복한 고민에 빠졌다. 그들은 여태 살면서 많이 쥐어본 돈이 기껏해야 3~4달러였는데 지금은 찻주전자를 가득 채울 만큼의 금화가 생긴 것이다.

다음 날은 일요일이었는데도 불구하고 그들은 일찍부터 일어나 금화부터 보러갔다. 다행히 금화들은 찻주전자 속에 그대로 들어있었다. 그들은 그 많은 돈을 바라만 보는 것으로도 기분이 좋았고 한참이 지나서야 남편은 불을 피우러, 부인은 아침식사를 준비하러 갔다. 부인은 아침을 먹으며 남편에게 말했다.

"오늘 교회에 가서 갑자기 얻게 된 이 금화에 대해 감사 기도를 드려야겠어요. 그리고 목사님께도 좀 나눠 드려야겠어요."

"음, 교회에 가는 것은 좋지만… 밤새 이 돈을 어디에 써야할지 생각해봤는데 아무래도 목사님께 드릴 돈은 없을 것 같소."

부인의 말을 들은 남편이 대답했다.

"우물에서 금화를 더 가져오면 되잖아요!"

부인이 말했다.

"지금 우리가 가진 것만 생각합시다. 우물에서 금화가 더 나올지 안 나올지 모르잖소."

그는 신중한 모습이었다.

"그럼 가서 확인해 봐요."

부인이 조급하게 굴며 말했다.

"목사님께 조금이라도 드리고 싶어요. 그 분도 형편이 넉넉지 않잖아요."

남편은 침대 밑에 숨겨 두었던 펌프를 꺼내 우물로 갔다. 펌프 입구 밑에 큰 나무 들통을 놓아두고 펌프질을 시작했다.

기쁘게도 금화들이 들통 속으로 마구 쏟아지기 시작했다. 들통이 가득 차자 부인이 또 다른 들통을 가져왔다. 하지만 동전은 더 이상 나오지 않았다. 남편은 신이 나서 외쳤다.

"오늘은 이걸로 충분하오, 부인! 이제 금화가 훨씬 더 많아졌으니 목사님께도 좀 드릴 수 있을 것 같소. 그리고 헌금도 좀 해야겠소."

이제 찻주전자로는 이 많은 금화를 다 보관할 수가 없었다. 남편은 들통에 들어있던 금화들을 모두 나무 상자 안에 쏟아 넣고 그 위에 마른 나뭇잎과 나뭇가지들로 잘 덮어두었다. 누구도 그 아래에 무언가가 들어있다고 생각하지 못할 만큼 완벽하게 감춰진 모습이었다.

그들은 가장 좋은 옷으로 갈아입고 교회로 향했다. 목사님에게 드릴 금화도 각자 챙겼다.

교회로 가는 길은 언덕을 넘고 계곡을 건너가야 하는 꽤 먼 길이었지만 부자가 된 기쁨에 흠뻑 빠진 부부에게 그 거리는 아무 문제가 되지 않았다. 그들은 예배가 시작되기 바로 직전에서야 교회에 도착했다.

갑작스레 갖게 된 엄청난 돈과 목사님께 금화를 드릴 생각에 뿌듯해하던 그들은 집사가 헌금함을 돌릴 때까지 좀이 쑤셔 견딜 수가 없었다.

드디어 헌금 시간이 되었다. 남편은 모든 사람들이 볼 수 있게 일부러 손을 높이 들어 과장된 몸짓으로 헌금함에 금화를 넣었다. 그의 부인 역시 마치 자신이 대단한 사람인 듯 남편의 행동을 따라했다.

설교단에 서있던 목사는 금색의 무언가가 헌금함 안으로 떨어지는 것을 봤지만 잘못 봤을 것이라 싶었는데 확인해보니 정말 금화 두 개가 들어있었다. 그는 너무 놀란 탓에 하마터면 설교 내용을 까먹을 뻔했다.

예배가 끝나고 사람들이 모두 집으로 돌아갔고 목사는 농부 부부에게 어떻게 된 일인지 물었다.

"어디서 금화가 났나요?"

부인은 기다렸다는 듯 목사에게 딱정벌레를 구해준 이야기, 그 벌레의 보답으로 금화를 얻게 된 이야기 모두를 들려주었다. 목사는 그녀의 이야기를 듣고 심각한 표정으로 대답 했다.

"세상에는 불가사의한 일이 종종 일어납니다. 물론 오늘날까지도 그런 기이한 일들이 가끔씩 일어나고 있죠. 부인의 말에 따르면 딱정벌레와 대화를 하고 당신들에게 엄청난 부를 가져다주었다는 것인데."

목사는 금화를 자세히 쳐다보며 말을 했다.

"이 금화는 가짜거나 정말 은행에서 발행한 진짜 돈이거나 둘 중 하나겠죠. 만약 가짜 동전이라면 하루가 지나기 전에 사라져버릴 것입니다. 어차피 전혀 쓸모가 없으니까요. 하지만 이것이 진짜 돈이라 해도 딱정벌레가 누군가로부터 훔쳐 당신들 우물 속에 넣어둔 것이 분명합니다. 모든 돈은 반드시 주인이 있기 때문입니다. 열심히 일해서 번 돈이 아닌 출처가 불분명한 돈은 분명 주인이 따로 있을 것입니다. 그렇지 않다면, 이게 말이 되는 일인가요?"

정직하고 남에게 피해를 끼치기 싫어했던 그들은 목사의 말을 듣고 왠지 죄를 지은 기분이 들었다.

"목사님은 딱정벌레가 금화를 훔쳤다고 생각하세요?"

부인이 물었다.

"그 벌레가 마법을 부려 누군가에게서 돈을 빼앗은 것일지도 모릅니다. 말을 하는 벌레들 중에는 양심도 없고 옳고 그름을 구분하지 못하는 벌레도 있으니까요. 자신의 목숨을 구해준 당신에게 은혜를 갚으려던 욕심 때문에 돈을 훔쳐 우물 속에 넣어둔 것일지도 모르지요."

"그럼 이것들이 가짜 돈 이라면요?"

농부가 말했다.

"내일이 오기 전에 얼른 이 돈을 다 써야겠군요."

"그래선 안 됩니다."

목사가 대답했다.

"그 돈을 받는 상인들은 돈도, 그들의 물건도 잃게 되는 것이니 말입니다. 그들에게 가짜 돈을 지불하는 것 역시 그들의 물건을 훔치는 것이나 마찬가지입니다."

"그렇다면 어떻게 해야 할까요, 목사님?"

부인은 양 손 꽉 움켜잡으며 실망과 걱정에 가득 찬 표정을 지었다.

"일단은 집으로 돌아가서 내일까지 기다려보세요. 만약 이 금화가 사라지지 않는다면 진짜 돈이라는 것이겠죠. 그렇지만 그 즉시 주인을 찾아 돈을 돌려주어야 합니다. 이 금화들도 다시 가져가세요. 정당한 방법으로 얻은 것이 아닌 헌금은 받을 수 없습니다."

농부 부부는 낙담하여 집으로 돌아왔다. 그날 밤

그들은 목사의 이야기가 계속 머릿속을 맴돌아 제대로 잠을 잘 수 없었고 월요일 아침이 되자마자 새벽부터 일어나 금화가 무사한지 살펴보러 갔다.

"이 금화는 진짜임에 틀림없소!"

농부가 외쳤다.

"동전들이 전부 그대로 있소!"

부인은 개울가에 딱정벌레를 찾으러 나갔다. 역시나 바위 틈 속에서 그를 발견할 수 있었다.

"이제 행복한가요?"

부인의 모습을 본 벌레가 물었다.

"전보다 더 불행해진 것 같아."

그녀가 대답했다.

"네 덕분에 어마어마한 금화를 손에 넣게 되었지만 목사님께서 말씀하시길 그 동전들은 네가 누군가에게서 훔친 것이 분명하다고 하셨어."

"부인은 그가 훌륭한 사람이라고 말하겠지만,"

딱정벌레는 조금 화가 난 듯 보였다.

"내 생각에는 전혀 아닌 것 같군요. 그렇게 부인이 금화를 원하지 않는다면 도로 가져가겠습니다."

"그건 아니야! 우리는 금화를 원해!"

여인이 겁에 질린 목소리로 외쳤다.

"누군가에게서 훔친 돈이 아니라면 말이야."

그녀가 덧붙여 말했다.

"훔친 돈이 아닙니다."

딱정벌레는 골난 표정으로 말했다.

"이제 그 돈은 당신들 것입니다. 제 목숨을 구해주었을 때 부인에게 어떻게 은혜를 갚을 수 있을까 곰곰이 생각했었습니다. 가난한 사정을 잘 알고 있었기 때문에 금화로 보답하면 좋을 것이라 생각했습니다."

"부인께서 분명히 알아두셔야 할 것이 있습니다."

벌레가 말을 이어갔다.

"비록 제가 작은 몸집에 보잘 것 없어 보일지 몰

라도 전 모든 곤충들을 다스리는 우두머리입니다. 모든 곤충들이 제 명령에 복종하며 살아가고 있습니다. 그들은 땅속을 이리저리 돌아다니다 인간들이 잃어버린 동전들이나 깊은 바위틈, 혹은 계곡 속에 빠져 오랫동안 눈에 띄지 않았던 동전들을 종종 발견할 때마다 그 사실을 알려줍니다. 저는 항상 그 자리에 그대로 놔두라고 합니다. 우리에게는 전혀 쓸 일이 없기 때문이죠."

"하지만 제가 부인에게 보답을 해야겠다고 마음먹은 순간 그 금화들을 주면 되겠다는 생각이 떠올랐습니다. 누구의 돈도 훔치지 않고 말입니다. 곧바로 부하들을 시켜 여기저기 숨겨져 있는 금화들을 찾아오게 명령했습니다.

그들은 몇 날 며칠 동안 금화들을 찾아다녔고 마침 당신 남편이 우물을 완성한 날 숨겨져 있던 동전들을 부하들이 다 찾아 돌아왔습니다. 그래서 그날 밤 우물 속에 동전들을 모두 부어넣은 것이지요. 그러니 안심하고 그 돈을 쓰셔도 됩니다. 누구에게도 피해가 되지 않은 일이니까요."

벌레의 말을 들은 여인의 표정이 밝아졌다. 그녀는 얼른 집으로 돌아와 벌레가 한 이야기를 남편에게 그대로 전해주었다.

남편 역시 몹시 즐거워하였다. 그들은 즉시 많은 양의 금화를 챙겨 시장에서 식량과 옷을 포함해 그동안 필요했지만 돈이 없어 사지 못했던 것들을 모두 다 사버렸다.

갑자기 벼락부자가 된 그들은 어깨가 으쓱해져 굳이 금화를 숨기려 하지 않았다. 그들은 오히려 자신들이 가지고 있는 많은 돈을 사람들이 봐줬으면 했다. 그런 부부의 모습에 마을의 도적들은 그들의 금화를 빼앗기 위해 기회를 엿보고 있었다.

"저렇게 많은 돈을 쓰다니."

도적 중 하나가 다른 도적에게 속삭였다.

"분명 저들의 집에는 훨씬 더 많은 금화가 있을

거야."

"맞아. 저들이 집으로 돌아가기 전에 우리가 먼저 집을 샅샅이 뒤져보자!"

도적들은 곧 바로 농부 부부의 집으로 향했다. 문을 부수고 들어가 집을 엉망진창으로 만들어 놓고서야 나무 상자와 찻주전자 속에 들어있는 금화들을 찾아냈다.

어지럽힌 집을 원래대로 돌려 놓지도 않고 그들은 재빠르게 보자기로 동전들을 감싸 어깨에 들쳐메고 그곳을 빠져나왔다. 그들이 떠나고 얼마 되지 않아 부부가 양 손 가득 물건들을 안고 집으로 돌아오는 중이었다. 물건을 들어줄 손이 부족해 고용한 짐꾼들도 뒤 따라 오고 있었다. 또 그 뒤에는 몇몇 동네 사람들이 부부의 씀씀이를 보고는 호기심에 따라온 이들이었다.

그 모습은 마치 전쟁에서 승리한 장군들을 뒤 따라 오는 개선 행진의 모습이었다. 그 무리의 제일 뒤에는 옷가게 주인 구긴스가 새로 나온 실크 드레스를 조심스럽게 들고 따라오고 있었다.

　부부가 가지고 간 돈을 다 써버려서 집에서 값을 지불한다고 했기 때문이다. 착하고 겸손한 사람이었던 농부는 이제 자신감이 넘치다 못해 교만해졌다. 모자챙을 뒤로 젖히고 담배를 피며 폼을 재고 싶었지만 금세 캑캑거렸다. 그의 부인은 공작새처럼 어깨를 쭉 펴고 사람들의 부러움 가득한 시선을 한껏 즐기며 걸었다. 금화가 아니었더라면 상상도 못했을 일이었고 부부를 줄지어 뒤 따라 오는 행렬에 뿌듯해했다.

　그러나, 그 우쭐대던 모습은 안타깝게도 오래 가지 못했다. 집에 도착한 그들 눈앞에 보이는 것은 부서진 문과 난장판이 된 집이었다. 금화도 싹 다 사라져버렸다.

　농부 부부를 따라오던 무리는 그 모습을 보고 모욕적인 말과 함께 그들을 마구 비웃었다. 구긴스 역시 실크 드레스 값을 내놓으라고 고래고래 소리를 질러댔다. 부인은 남편에게 사람들을 진정시키고 있을 테니 얼른 우물에서 금화들을 가져오라고 하였다. 농부는 우물로 달려갔지만 얼마 지나지 않아 허옇게 질린 얼굴로 돌아왔다. 더 이상 금화가 나오지 않는다는 것이었다.

그들의 뒤를 따라온 무리들은 부부의 부자 행세에 조롱과 야유를 날리고 다시 마을로 돌아갔다. 몇몇 소년들은 언덕 위에서 돌멩이를 던지기도 했다. 구긴스씨는 자신을 기만했다며 부인에게 호되게 꾸짖고 마을로 돌아갔다. 이제 농부 부부에게는 말할 수 없는 굴욕감과 수치심, 그리고 쓰라린 슬픔뿐이었다.

해가 저물기 직전 여인은 다시 예전에 입었던 옷으로 갈아입은 후에 이전처럼 개울가로 물을 길러 갔다. 그곳에는 역시나 딱정벌레가 있었다.

"우물에서 더 이상 금화가 나오지 않는구나!"

부인이 화난 목소리로 외쳤다.

"당연한 일이죠."

딱정벌레는 차분한 말투로 대답했다.

"저의 부하들이 모아온 금화들을 당신이 전부 다 가져갔으니까요."

"우리는 이제 빈털터리야."

여인은 주저앉아 서럽게 통곡하기 시작했다.

"도적들이 금화를 다 훔쳐가 버렸어."

"안 됐군요."

벌레가 대답했다.

"부인이 자초한 일입니다. 부인이 그렇게 부를 과시하지 않았다면 어느 누구도 당신 부부의 집을 털기는커녕 금화를 가지고 있다는 생각조차 하지 못했을 겁니다. 돈의 주인은 여러 번 바뀌었을 겁니다. 어차피 부인도 다른 사람들이 잃어버렸던 돈을 얻었던 것이죠."

"그럼 이제 어떻게 하면 좋니?"

부인이 물었다.

"금화를 갖기 전에는 어떻게 살았습니까?"

"아침부터 밤까지 하루 종일 일 했지."

그녀가 대답했다.

"그럼 그때처럼 다시 일을 하면 되겠네요."

딱정벌레가 태연하게 대답했다.

"누구도 당신의 일은 빼앗으려고 하지 않을 겁니다!"

그 말을 끝으로 벌레는 바위 사이로 들어가 영원히 모습을 감추었다.

—

이 이야기는 갑작스런 행운에 자만하는 것은 금물이며 늘 겸손하게 살아야 한다는 교훈을 준다. 만약 농부 부부가 자신들의 재산을 과시하지 않았더라면 오늘날까지 부유한 삶을 살 수 있었을 테니 말이다.

살아있는 마네킹

릴족 나라에는 탕코 망키라는 이름의 말썽꾸러기 릴 요정이 살고 있었다.

어느 날 오후, 탕코는 사람들이 사는 도시(사람들은 볼 수 없지만)로 날아와 플로만 씨의 백화점 쇼윈도에 있는 마네킹을 하나 발견하였다. 아주 아름다운 옷이 입혀진 마네킹의 왼손에는 현수막이 하나 들려있었다.

'초특가 세일! 프랑스 직수입 드레스 20달러 -> 오늘만 19.98달러!'

현수막의 문구는 백화점 앞을 지나다니는 많은 여인들의 관심을 끌기에 충분했다. 여인들은 마네킹이 입고 있는 옷을 뚫어지게 살펴보았다. 그 모습을 지켜보던 탕코는 장난을 칠 생각에 숨이 막힐 정도로 웃다가 마네킹 옆으로 가까이 다가가 이마에 두 번 입김을 불어넣었다.

그 순간 마네킹이었던 여인이 살아 숨 쉬기 시작했다! 하지만 마네킹 여인은 무슨 상황이 벌어진 것인지 알 리가 없었고 한동안 멍한 상태로 유리벽에 붙어 자신을 바라보고 있는 여인들의 모습을 쳐다보고만 있었다. 손에는 여전히 현수막이 들려있었다.

탕코는 만족한 듯한 미소를 짓고 다시 릴족 나라로 날아가 버렸다. 그 상황에서 마네킹을 구할 수 있는 것은 탕코뿐이었지만 말썽꾸러기 요정은 이런 재미난 상황을 금방 끝내고 싶지 않았다. 그는 연약한 마네킹 여인이 험학한 이 세상에서 어떻게 대처하는지 보고 싶었다. 그나마 다행인 것은 그 때가 저녁 6시쯤이었다는 것이다.

마네킹 여인이 막 정신을 차리며 어떻게 해야 할지 생각하려던 참에 백화점 직원들은 블라인드를 내리고 매장을 닫을 준비를 하고 있었다.

자신을 바라보는 여인들의 시선에서 자유롭게 된 것이다. 백화점 직원들과 계산원, 경비원들도 전부 집으로 돌아갔고 출입문은 굳게 닫혔다. 몇몇 청소부들만이 청소 중이었다.

마네킹 여인이 서있던 쇼윈도는 마치 작은 방과도 같았다. 가장자리에는 쇼윈도를 장식하는 직원이 들어갔다 나왔다 하는 작은 문이 있었지만 눈에 잘 띄지 않았다. 청소부들은 그녀의 모습을 전혀 눈치 채지 못했다.

마네킹 여인은 현수막을 바닥에 내려놓고 앉았다. 자신이 누구인지, 어떻게 여기에 있는 건지, 대체 무슨 일이 일어난 것인지 곰곰이 생각하고 있었다. 마네킹 여인은 불그레한 볼에 풍성한 금발, 아주 늘씬한 몸매의 화려한 숙녀의 모습이었다. 마네킹의 성숙한 겉모습과는 달리 그녀는 사람으로 따지자면 어린 아이에 불과한 상태였다.

태어난 지 고작 30분밖에 안 된 아기랄까. 그러니 아는 것이라고는 쇼윈도 안에서 보던 복잡한 거리의 모습이나, 쇼윈도 앞에 붙어 마네킹 옷이 이러니저러니 떠드는 못생긴 여인들의 모습뿐이었다.

그녀는 천천히 생각을 정리해보니 계속 쇼윈도 안에 갇혀서 여인들의 평가를 받으며 살 수만은 없다고 생각했다. 자정이 지난 늦은 시간이었지만 백화점 안에는 희미한 불빛이 새어나오고 있었다. 그녀는 쇼윈도 안에 있는 작은 문으로 살금살금 나가 긴 통로 쪽으로 걸었다.

여기 저기 눈앞에 보이는 화려한 옷과 보석을 살펴보느라 가끔씩 멈춰서기도 했다. 걷다보니 화려한 모자들을 파는 매장이 보였다.

유리진열장 안에 전시되어 있는 모자를 본 마네킹 여인은 거리에서 본 사람들이 비슷한 것을 쓰고 다니던 모습이 떠올랐다. 자신에게 어울릴 만한 모자를 하나 골라 조심스레 머리 위에 얹어보았다. 안타깝게도 그녀가 입고 있던 옷과는 상당히 어울리지 않았다. 아직 너무 어려 색깔 감각이나 옷 입는 법을 잘 모르던 탓이었다.

곧이어 그녀의 눈에 들어온 것은 장갑 매장이었다. 사람들이 손에 끼고 다니던 것들이었던 것이 생각나 진열장 안에 있던 장갑 한 켤레를 꺼내 자신의 손에 끼워 넣으려했지만 장갑은 그녀의 손에 비해 너무 작아 그만 뜯어지고 말았다.

다른 장갑들을 더 꺼내서 껴보려 했지만 맞는 것이 없었다. 몇 시간이 지나고 나서야 겨우 손에 맞는 연두색 장갑을 한 켤레 찾을 수 있었다.

이번에는 백화점 뒤편에 위치한 양산 매장에 가 보았다. 꽤 큰 매장 안에는 다양한 종류의 양산들이 있었다. 사실 그녀는 양산이 무슨 용도로 쓰는 것인지 전혀 알지 못했지만 이번에도 거리의 여인들이 양산을 하나씩 들고 다니던 모습을 떠올리며 일단은 하나 챙기기로 했다.

마네킹 여인은 다시 한 번 거울 앞에 서서 자신의 모습을 꼼꼼히 체크했다. 그녀의 눈에는 거리에 돌아다니던 사람들의 모습과 전혀 다른 점이 없어 보였다. 필요한 모든 것을 완벽하게 갖추었다 생각한 그녀는 백화점에서 나오려고 했지만 문들은 전부 잠겨있었다.

서두를 것이 없었다. 그녀는 원래부터 참을성이 많은 마네킹이었다. 이미 사람들과 같이 숨을 쉬고 아름다운 옷과 모자 등을 입고 있다는 사실만으로도 상당히 즐거워했다. 그녀는 의자에 앉아 날이 밝아올 때까지 얌전히 기다리기로 했다.

아침이 되자 경비가 매장 문을 열기 시작했다. 그녀는 경비 옆을 지나가며 어딘가 뻣뻣해 보이지만 당당한 모습으로 거리를 활보하기 시작했다. 경비는 늘 쇼윈도 속에 있던 마네킹이 갑자기 살아 움직이는 모습에 그녀를 쫓아가려다 넘어져 팔꿈치를 세게 찧더니 잠시 정신을 잃었다. 다시 정신이 들었을 땐 이미 마네킹 여인은 사라진 후였다.

마네킹 여인은 이제 자신도 사람들과 어울려 살며서 그들이 하는 일을 똑같이 따라하면 되겠다고 생각했다. 그녀는 혈색 있는 피부의 사람들과 자신이 다르다는 사실을 전혀 알지 못하고 있었다.

악동요정 탕코의 장난으로 살아 움직이는 최초의 마네킹이 되었다는 사실도 알 리가 없었다. 오히려 그 사실들을 알지 못했기 때문에 그녀는 당당할 수 있었다.

아직 이른 시간이라 거리에 사람들은 많지 않았

고 그나마 아침 식사를 하기 위해 식당 가는 사람들이 많았다. 마네킹 여인 역시 그들을 따라 한 식당으로 들어가 계산대와 가까운 자리에 앉았다.

"커피와 롤빵이요!"

옆에 앉아있던 소녀가 외쳤다.

"커피와 롤빵이요!"

마네킹 여인도 똑같이 따라 외쳤다. 얼마 지나지 않아 종업원이 그녀 앞에 커피와 롤빵을 가져다주었다. 하지만 나무로 만든 마네킹 여인에게 식욕은 있을 수 없었다.

그녀는 옆에 앉은 소녀가 커피 마시는 모습을 보더니 똑같이 따라했다. 그 순간 뜨거운 액체가 갈비뼈를 타고 내려가는 느낌에 깜짝 놀랬다. 그녀의 입술에는 그새 물집까지 생겨버렸다. 유쾌하지 못한 경험에 마네킹 여인은 당장 식당을 나갔다.

"20센트(0.2달러)입니다."

그녀는 종업원의 소리도 듣지 못했다. 일부러 돈

을 안 내려던 것은 아니었다. 아무것도 모르는 마네킹 여인은 "20센트(0.2달러)입니다." 라는 말뜻을 알지 못했던 것이다.

마네킹 여인은 문밖을 나서던 차에 쇼윈도를 장식한 장식가와 마주쳤다. 그는 시력이 좋지 않아 그녀가 누구인지 정확하게 알아보지 못했지만 낯익은 얼굴의 여인이라 생각해 모자를 벗고 정중히 인사하였다. 그 모습을 본 그녀는 그의 행동을 똑같이 따라했는데, 그런 그녀의 행동에 장식가는 기겁하여 허둥지둥 도망을 갔다.

그 때 누군가 마네킹 여인의 팔을 툭툭 쳤다.

"실례합니다. 부인. 드레스 뒤에 가격표가 그대로 붙어있네요."

"알고 있어요."

마네킹 여인이 딱딱한 목소리로 대답했다.

"원래는 20달러에 팔았는데 지금은 19.98달러로 세일하고 있어요."

아무렇지 않은 듯 대답하고 길을 걸어가는 마네킹 여인의 모습에 여인은 당황스러운 모습이었다. 인도 가장자리 쪽에 택시 몇 대가 서있었다. 마네킹 여인의 망설이는 모습에 한 택시 기사가 그녀에게 오더니 물었다.

"택시 기다리시나요, 부인?"

그가 물었다.

"아니요."

그녀는 택시 기사의 말을 잘못 이해했다.

"저는 마네킹이에요."

"오, 이런!"

그는 신기한 표정으로 그녀를 쳐다보았다.

"조간 신문입니다!"

신문 파는 소년이 큰 소리로 외쳤다.

"하나 주겠니?"

마네킹 여인이 물었다.

"자, 여기 있습니다!"

"이건 어디에 쓰는 거야?"

"읽는 거죠. 신문은 모든 소식을 한눈에 알 수 있습니다."

마네킹 여인은 소년의 손에 든 신문을 힐끗 쳐다보며 고개를 저었다.

"내 눈에는 그저 까만 점들이 뒤죽박죽 섞여있는 걸로 보이는데…"

마네킹 여인이 말했다.

"어떻게 읽을지 모르겠어."

"학교는요? 학교에서 안 배웠어요?"

소년은 흥미로운 듯 물었다.

"학교는 또 무엇이니?"

마네킹 여인이 물었다. 이내 소년은 더 이상은 못 참겠다는 표정으로 그녀를 쳐다봤다.

"이런, 당신은 마네킹과 다를 바가 없군요!"

소년이 소리쳤다. 그리고 다른 손님을 찾아 발걸음을 옮겼다.

'그의 말이 무슨 뜻 인거지?'

마네킹 여인은 생각에 잠겼다.

'내가 정말 여기 있는 사람들과 다른 건가? 지금 내 모습은 저들과 다를 게 없는데. 게다가 그들이 하는 대로 똑같이 행동했잖아. 그런데 왜 저 소년은 나를 이상하다는 듯이 마네킹이라고 하는 거지?'

마네킹 여인은 살짝 걱정하며 길모퉁이 쪽으로 향하고 있었다. 버스 한 대 멈추더니 사람들을 태우고 있는 모습이 보였다.

그녀는 이번에도 사람들이 하는 대로 똑같이 해야겠다고 생각하고 조용히 버스에 올라타고 구석자리에 앉았다. 몇 정거장이 지나 승무원이 마네킹 여인 옆으로 왔다.

"요금을 지불해 주세요."

"요금? 그것이 무엇이죠?"

마네킹 여인이 순진한 표정으로 물었다.

"버스 요금이요!"

승무원이 짜증난 목소리로 외쳤다. 마네킹 여인은 여전히 아무것도 모르겠다는 표정으로 승무원을 빤히 쳐다봤다.

"이쪽으로 오세요! 어서!"

승무원의 목소리는 점점 높아지고 있었다.

"얼른 요금을 내거나 아니면 당장 내리세요!"

불쌍한 마네킹 여인은 당최 무슨 소리인지 알 수 없었다. 승무원은 그녀의 팔을 거칠게 잡으려 했지만 그의 손에 닿은 것은 나무로 된 딱딱한 마네킹의 팔이었다. 그는 깜짝 놀라 몸을 구부려 그녀의 얼굴을 자세히 살펴보았다.

그녀의 얼굴이 진짜 사람의 피부가 아닌 밀랍으로 되어 있는 것을 발견한 승무원은 비명을 지르며 갑자기 버스에서 뛰어내리더니 냅다 도망치기 시작했다. 그 모습을 지켜보던 다른 승객들 역시 소리를 지르며 버스에서 내려버렸다.

뭔가 심상치 않은 일이 일어났다는 것을 눈치 챈

운전사 역시 버스를 버려두고 도망가 버렸다. 모든 사람들이 도망가 버리고 마네킹 여인은 가장 마지막으로 버스에서 내려 길을 건너가려 했다.

그 때 반대편 차선에서 차 한 대가 엄청난 속도로 달려오고 있었다. 순간 엄청난 경적소리와 사람들의 고함소리가 들려왔지만 그것을 알아채기도 전에 마네킹 여인은 차에 치여 상당한 거리를 바퀴에 끼여 질질 끌려갔다.

자동차가 겨우 멈춰 섰고 경찰이 도착해 그녀를 바퀴 아래에서 구조했다. 그녀의 옷은 갈기갈기 찢어졌으며 왼쪽 귀가 떨어져 나갔고 왼쪽 머리는 심하게 함몰된 상태였다. 하지만 그녀는 전혀 아무렇지 않은 듯 벌떡 일어서더니 모자를 찾았다.

경찰이 그녀에게 모자를 건네주는데 그녀의 머리에 큰 구멍이 뻥 뚫려있는 것이 아닌가, 심지어 그 속에는 아무것도 들어있지 않은 텅 비어있는 상태였다. 경찰은 기겁을 하며 온몸을 바들바들 떨고 있었다.

"어떻게… 어떻게… 이런 일이! 부인! 부인은 사망했습니다!"

경찰은 너무 놀라 숨이 턱 막히듯 말했다.

"사망이 무슨 뜻이죠?"

마네킹 여인이 물었다. 경찰은 벌벌 떨리는 손으로 간신히 이마의 땀을 닦아냈다.

"부인이 죽었다는 말입니다!"

그가 신음을 내뱉듯 대답했다. 그곳에 모여 있던 사람들 모두가 눈이 동그래진 채 그녀의 모습을 쳐다보고 있었다. 그 때 한 중년의 남자가 소리쳤다.

"그녀는 마네킹이에요!"

"마네킹이라고요?"

경찰이 되물었다.

"확실해요! 쇼윈도에 있던 마네킹이 확실합니다!"

신사가 확신에 찬 목소리로 외쳤다. 그러자 사람

들이 너도 나도 소리치기 시작했다.

"맞아요!", "나도 본 것 같아요!", "저 여인은 마네킹이에요!"

"정말 마네킹인가요?"

경찰이 단호한 목소리로 물었다.

마네킹 여인은 아무 말이 없었다. 자신을 뚫어지게 쳐다보는 사람들의 모습에 어떻게 해야 할지 몰라 겁이 나기 시작했다. 그 순간 구두닦이 하나가 그 상황을 정리하듯 말했다.

"그건 말이 안 됩니다! 마네킹이 말을 할 수 있나요? 마네킹이 걸어 다닐 수 있나요? 무엇보다 마네킹이 어떻게 살아 움직인단 말인가요?"

"쉿!" 경찰이 소리쳤다.

"다들 여기를 보세요!"

그는 속이 텅 빈 마네킹의 머리를 가리켰다. 그것을 본 신문 배달 소년은 얼굴이 허옇게 질려 간신히 정신을 가다듬고 있었다.

또 다른 경찰들이 왔고 잠시 회의를 하더니 마네킹 여인을 경찰서로 데려가기로 했다. 경찰은 앰뷸런스를 불러 그녀를 싣고 경찰서로 향했다. 마네킹 여인을 독방에 가두고 머그 형사에게 상황을 설명하였다. 머그 형사는 방금 먹은 아침이 부실해 기분이 좋지 않은 상태였다.

경찰들에게 엄한 불똥이 튀었다. 마네킹이 움직이고 말을 하다니 무슨 동화 같은 이야기를 늘어놓고 있냐며 혹시 술을 마셨는지 물어보기까지 했다.

경찰은 더 설명을 하려고 했지만 머그 형사는 들으려 하지 않았고 계속 논쟁을 벌이고 있었는데 백화점 주인 플로맨 씨가 헐레벌떡 경찰서 안으로 들어왔다.

"지금 많은 형사가 필요합니다! 당장이요!"

플로맨 씨가 고래고래 소리를 질렀다.

"무슨 일이시죠?"

머그 형사가 물었다.

"내 백화점에서 마네킹 하나가 도망쳤습니다. 그 마네킹이 19.98달러짜리 옷, 4.23달러짜리 모자, 2.19달러짜리 양산, 그리고 76센트(0.76달러) 장갑까지 들고 달아났습니다. 당장 그 마네킹을 잡아야 합니다!"

플로맨 씨가 잠시 숨을 돌리던 중 머그 형사는 그를 어이없다는 표정으로 쳐다보고 있었다.

"전부 머리가 어떻게 된 거 아닙니까?"

그가 비꼬며 말했다.

"대체 마네킹이 어떻게 물건을 훔쳐서 도망 칠 수 있다는 말입니까?"

"나도 모르겠어요! 하지만 사실입니다. 오늘 아침 경비가 백화점 문을 열자마자 마네킹이 도망치는 것을 봤다고 했다구요."

"그럼 경비는 왜 마네킹이 도망가게 뒀습니까?"

머그 형사가 물었다.

"너무 놀랐으니까요. 형사님. 마네킹이 내 물건들

을 훔쳐 달아났습니다. 제발 좀 잡아주십시오!"

플로맨 씨가 간절히 애원했다. 형사는 잠시 생각에 잠긴 모습이었다.

"그녀를 기소 할 수도 없겠네요."

형사가 말했다.

"마네킹의 절도죄에 대한 법은 세상 어디에도 없기 때문이죠."

플로맨 씨가 씁쓸한 한숨을 내쉬었다.

"그럼 그것들을 되찾을 수 없다는 말씀입니까? 19.98달러짜리 옷, 4.25달러짜리 모자, 그리고…"

"찾을 수 있습니다."

형사가 그의 말을 가로막으며 말했다.

"경찰이 마네킹을 체포하여 16번 독방에 가둬놓았습니다. 원하신다면 마네킹이 있는 곳으로 가서 물건을 되찾으시면 될 겁니다. 하지만 마네킹을 절도죄로 고소하기 전에 먼저 마네킹에 적용되는 법이 있는지부터 확인하셔야 할 겁니다."

"저는 제 물건들만 되찾으면 됩니다. 19.98달러짜리 옷과…"

플로맨 씨는 똑같은 말을 반복하고 있었다.

"이쪽으로 오세요!"

형사는 다시 한 번 그의 말을 가로막았다.

"16번 방으로 안내해 드리죠."

하지만 16번 방에는 움직임이라고는 전혀 없는 나무 마네킹만이 바닥에 쓰러져 있었다. 여기저기 갈라지고 부서진 상태에 머리는 심하게 훼손 되어 있었다. 마네킹이 입고 있었던 옷은 여기저기 질질 끌린 흔적으로 상당히 더러워져 있었다.

악동 요정 탕코가 돌아와 그녀에게 입김을 불어 넣어 다시 진짜 마네킹으로 돌아간 것이었다.

"이럴 줄 알았다."

머그 탐정이 의자에 기대며 말했다.

"역시나 말도 안 되는 일이었어. 가끔씩 사람들의 정신이 오락가락해서 헛것이 보일 때가 있지. 마네킹은 나무와 밀랍으로 만들어지는 것인데 대체 그 마네킹이 어떻게 움직이고 말을 하고, 게다가 도둑질까지 한다니!"

"그렇긴 한데…"

머그의 말을 듣고 있던 경찰이 혼잣말로 중얼거렸다.

"그 마네킹은 정말 살아있는 마네킹이었는데!"

북극곰의 왕

　북극 남쪽에 북극곰 왕국이 있었다. 왕은 늙었지만 어마어마한 몸집을 갖고 있었으며 굉장히 지혜롭고 모두에게 친절한 왕이었다.
　그의 몸은 길고 하얀 털로 빽빽하게 덮여 있었고 햇빛을 받으면 찬란한 은빛으로 반짝거렸다. 발톱은 굉장히 단단하고 날카로워 얼음 위를 미끄러지지 않고 걸어 다닐 수 있고 물고기나 물개를 쉽게 잡아먹을 수도 있었다.

물개들은 그를 두려워하여 피해 다녔지만 흰 갈매기와 회색 갈매기들은 그를 좋아했다. 그가 먹이를 먹은 후 항상 자신들의 몫을 남겨주었기 때문이다. 부하 북극곰들은 문제가 생길 때 마다 왕에게 조언을 구하러 찾아가곤 했지만 사냥 만큼은 그의 영역을 침범하지 않으려 주의를 기울였다.

그 빙산에서는 가끔씩 늑대들의 모습도 보였는데 늑대들은 어느 누구도 해치지 못하는 북극곰의 왕이 마법을 부려 요정의 보호를 받고 있는 것이 아닌지 말하기도 했다.

왕은 단 한 번도 사냥에 실패한 적이 없었고, 날이 갈수록 그의 몸집은 더욱 거대해져 갔다. 그러던 어느 날 북극곰의 왕은 사람들과 마주하게 되었는데 그 날 처음으로 실패를 경험했다.

그 날, 왕은 빙하 동굴에서 나오니 작은 배 하나가 물줄기를 따라 흘러오는 것을 발견하였다. 그 물줄기는 여름 내내 떠있던 빙하가 움직이면서 새롭게 만들어진 것이었다. 그 배 안에는 사람들이 타고 있었다.

왕은 사람들을 본 적이 없을뿐더러 처음 맡아보는 낯선 냄새에 호기심을 가지고 배 쪽으로 향했다. 그들을 친구로 삼을지, 적으로 삼을지, 아니면 먹을 수 있는 것인지, 썩은 짐승일 뿐인지 궁금해 하며 더 가까이 다가갔다.

곰이 물가로 가까이 오자 희한하게 생긴 도구를 들고 있던 남자가 갑자기 벌떡 일어서며 "빵!" 소리를 냈다. 순간 곰은 엄청난 충격을 느꼈다. 온 몸이 마비되어 머릿속이 하얗게 되는 것 같았다. 팔다리가 파르르 떨리더니 얼음 위로 힘없이 쓰러지고 말았다. 그 후의 일은 기억나지 않았다.

정신이 들었을 때 그는 온몸이 바늘에 찔리는 듯 엄청난 고통을 받았다. 사람들이 아름다운 은백색의 털로 덮인 그의 가죽을 벗겨낸 상태였다.

위쪽을 바라보니 갈매기들이 빙빙 날아다니며

자신을 쳐다보고 있었다. 자신들에게 먹이를 남겨주던 그 곰이 진짜 죽은 것인지 눈을 동그랗게 뜨고 살피고 있었다. 사실 그들은 곰이 죽었다면 쪼아 먹을 생각이었다.

순간을 노리고 있었지만 곰이 고개를 들고 신음하는 모습에 갈매기들은 그가 아직 살아있다는 것을 알 수 있었다. 그들 중 하나가 입을 열었다.

"늑대들 말이 맞았네. 저 곰은 분명 마법사일거야. 사람들이 가죽을 벗겨냈는데도 죽지 않은 걸 보면 말이야. 가죽이 없어서 그런지 몹시 추워 보여. 우리가 얻어먹은 것도 있고 하니 신세도 갚을 겸 깃털을 모아서 덮어주자!"

갈매기들은 모두 기쁘게 동의하며 자신들의 가장 부드러운 깃털들을 뽑아 차례차례 곰의 몸을 덮어주었다. 그리고는 한 목소리로 외쳤다.

"힘내. 친구! 우리 깃털은 텁수룩했던 네 털만큼이나 부드럽고 아름답거든. 찬바람이 불어와도 그 깃털이 너를 따뜻하게 지켜줄 거야! 조금만 더 힘을 내! 이대로 죽으면 안 된다!"

갈매기들의 응원에 곰은 견딜 수 있었고 다시 예전의 기운을 되찾았다. 새들이 덮어준 깃털은 마치 원래 곰의 깃털인 것처럼 잘 자라서 그의 몸을 가득 덮었다. 대부분은 순백색의 깃털이었지만 회색 갈매기의 깃털 때문에 살짝 얼룩덜룩한 모습이었다.

이후 반년 동안 곰은 밤에 물고기나 물개를 잡을 때를 제외하고 동굴 밖을 나가지 않았다. 새의 깃털로 뒤덮인 자신의 모습이 창피한 것은 아니었지만 스스로 적응할 시간이 필요했으므로 다른 곰들과 마주치는 것 또한 꺼려했다. 그러면서 곰은 자신을 그렇게 만든 사람들에 대해 생각해보았다.

"빵" 소리를 냈던 그 희한한 도구의 모습도 떠올랐고 그 무서운 종족과는 마주치지 않는 것이 좋겠다고 생각했다.

날이 저물고 동이 트면서 새벽녘 빛이 얼음에 반

사되어 무지개처럼 아름다운 색을 뽐내고 있었다. 곰 두 마리가 왕의 동굴 앞으로 왔다.

사냥에 대한 조언을 구하기 위해서였다. 하지만 곰의 털이 아닌 새의 깃털로 무성한 왕의 모습을 보자마자 그들은 웃음을 터뜨렸다.

"우리의 위대한 왕이 새가 되다니! 깃털 달린 곰을 들어본 적이 있는가!"

왕은 화를 참을 수가 없었다. 왕은 으르렁거리며 한발 한발 무섭게 곰에게 다가가 거대한 앞발로 그를 냅다 뭉개버렸다. 잔뜩 겁을 먹은 나머지 곰은 도망쳐버렸다. 그리고 자신이 본 것을 다른 곰들에게 털어놓았다.

그 이야기를 들은 곰들은 북극의 드넓은 설원에 모여 왕의 희한한 생김새에 대해 회의를 열었다. 그들은 심각한 표정으로 당장 새로운 왕을 뽑아야 한다고 소리쳤다.

"그는 더 이상 곰이 아니다!"

곰들 중 하나가 외쳤다.

"그렇다고 새라고 할 수도 없지. 반은 새이고 반은 곰의 모습이니 우리의 왕이 될 수 없어."

"그럼 누가 새로운 왕이 되지?"

또 다른 곰이 물었다.

"지금의 왕과 싸워 그를 물리치는 자가 새로운 왕이 되어야해."

그 중 가장 나이가 많은 곰이 대답했다.

"가장 힘이 센 자만이 우리를 다스릴 자격이 있다."

잠시 정적이 흘렀다. 이내 거대한 몸집을 가진 곰 하나가 앞으로 나오더니 크게 소리쳤다.

"내가 그와 겨뤄보겠다. 나, 우프, 가장 힘이 센 곰이지! 내가 이 북극곰들의 새로운 왕이 될 것이다."

그의 말을 들은 나머지 곰들은 모두 동의하는 듯 고개를 끄덕였다. 그리고 왕에게 심부름꾼을 보내 우프와 싸워 이기면 왕의 자리를 지킬 수 있지만 패

배하면 당장 물러나야 할 것이라고 전달했다.

"새의 깃털을 가진 곰은 곰이라 할 수 없고 우리와 같은 모습의 왕을 원합니다."

심부름꾼이 덧붙였다.

"깃털이 있어 내가 있는 것이다."

왕이 으르렁거리며 말했다.

"이제 내가 더이상 두렵지 않는 것이냐? 정 그렇다면 우프와 겨루겠다. 만약 우프가 나를 이긴다면 망설임 없이 왕의 자리에서 물러나겠다."

그는 갈매기들을 찾아갔다. 공교롭게도 그들은 죽은 곰의 시체를 파먹고 있었다. 왕은 새들에게 이번 싸움에 대해 말해주었다.

"내가 이길 것이다."

왕이 당당한 표정으로 말했다.

"그들이 말하는 것도 일리가 있다. 그들과 같은 모습의 왕을 모시고 싶겠지."

그의 말을 듣던 갈매기의 여왕이 입을 열었다.

"어제 큰 도시에서 온 독수리 한 마리를 만났다. 그가 말하길 길에서 어느 마차 뒷좌석에 거대한 곰의 가죽이 붙어있다고 했는데 너의 가죽이 틀림없어. 네가 원한다면 내 부하들을 그곳에 보내 가죽을 가져오게 하겠다."

"당장 그렇게 해다오!"

왕이 거친 목소리로 외쳤고 수백 마리의 갈매기들이 남쪽으로 날아가기 시작했다. 그들은 꼬박 삼일을 쉬지 않고 날아가 여러 마을과 도시를 지나며 곰의 가죽을 찾기 시작했다.

갈매기들은 용감하고 지혜로우며 총명한 새들이었다. 출발한지 넷째 날에 마침내 그들은 독수리가 말한 대도시에 도착했다. 거리 위를 날아다니며 가죽을 찾고 있던 중에 뒷좌석에 거대한 곰의 가죽이 붙어 있는 마차를 발견하였다. 그러자 그들은 즉시 거리로 내려가 부리로 가죽을 잡고 순식간에 날아올랐다.

가죽을 찾는 데에는 생각보다 오랜 시간이 걸렸다. 왕과 우프의 대결까지 3일밖에 남아있지 않아 얼른 돌아가야만 했다. 그동안 왕은 우프와 겨룰 준비를 하고 있었다. 빙하가 갈라진 틈에 발톱을 갈아 날카롭게 만들었고 물개를 잡아 이빨로 뼈를 갉아 먹을 수 있을 만큼 튼튼한지 확인해보았다.

여왕 갈매기는 부하들을 시켜 곰의 깃털들을 매끄럽게 다듬도록 하였다. 그러나 갈매기들이 아직 돌아오지 않자 그들은 근심에 가득 찬 눈빛으로 하늘을 애타게 쳐다보곤 했다. 그렇게 3일이 지나 모든 곰들이 왕의 동굴 앞에 모여들었다. 자신감 넘치는 모습으로 힘 자랑중인 우프도 보였다.

"내가 앞발로 살짝 건드리기만 해도 저 깃털들은 힘없이 떨어져 버릴 것이다!"

우프가 한껏 의기양양한 목소리로 외쳤고 다른 곰들은 왕을 비웃으며 우프를 응원했다. 왕은 아직 갈매기들이 돌아오지 않아 자신의 가죽을 되찾지 못한 것에 실망했지만 그래도 최선을 다해 싸우기로 마음먹었다.

그는 당당한 왕의 모습으로 동굴 밖으로 나갔다. 모여 있는 곰들을 향해 사납게 포효했다. 그 소리가 워낙 무시무시해서 자신만만해하던 우프는 그제야 쉽게 생각할 일이 아니라는 것을 깨달았다. 서로 발길질을 몇 번 주고받았고 이내 우프의 패기가 살아났다. 그는 일단 큰소리로 엄포를 놓아 왕의 사기를 꺾어놓을 작정이었다.

"더 가까이 오거라! 반새반곰아!"

우프가 깝죽거리며 소리쳤다.

"어서 더 가까이 오거라! 네 깃털을 다 뽑아주겠다!"

왕은 참을 수 없을 만큼 화가 차올랐다. 진짜 새의 모습처럼 깃털을 사정없이 흔들자 몸집이 거의 두 배나 커졌다.

왕은 성큼성큼 우프 쪽으로 다가가 엄청난 한방

을 내리꽂았다. 그의 머리가 마치 달걀껍질이 부서지듯 산산조각 나버려 그 자리에서 바로 죽고 말았다. 그 모습을 지켜보던 곰들은 잔뜩 겁에 질린 표정이었다.

그 때 하늘이 갑자기 껌껌해졌다. 수백 마리의 갈매기들이 날아와 땅 위로 왕의 가죽을 떨어뜨렸다. 가죽의 새하얀 털들은 햇빛에 비추어 지니 예전처럼 아름다운 은빛으로 반짝이고 있었다.

자, 보시라! 왕의 모습은 예전의 기품 있고 지혜로운 멋진 왕의 모습 그대로였다. 그들은 일제히 고개를 숙이며 왕에게 경의를 표했다.

—

이 이야기를 통해 우리는 진정한 품위와 용기는 겉모습이 아니라 내면에서 나오며 내실 없이 큰소리만 뻥뻥 치는 것은 아무 소용이 없다는 사실을 알 수 있었다.

중국인과 나비

어느 중국 동부 지역에 퉁명스럽고 무례하여 모두에게 미움을 받는 한 남자가 살고 있었다.

그는 누구를 만나든 고함을 지르며 호통을 치고 어떤 상황에서도 절대 기뻐하거나 웃는 일이 없었다. 소년들은 항상 그를 조롱하며 화를 돋우었고 소녀들 역시 매일 그를 놀리며 자존심을 상하게 했던 탓에 그는 특히 그들을 굉장히 싫어했다.

그는 점점 더 사람들의 미움을 샀고 누구도 그에

게 말을 걸지 않았다. 이 소문을 들은 황제까지도 그에게 미국으로 떠나라고 명령했다. 그에게는 오히려 더 잘 된 일이었다. 그는 중국을 떠나기 전 유능한 마법사 하웃세이의 '위대한 마법' 책을 훔치고 전 재산을 챙겨 배를 타고 미국으로 떠났다.

그는 미국 중서부 쪽에 정착해 세탁소를 하나 차렸다. 그 시절에는 대부분의 중국인들은 공무원이 되거나 막노동꾼, 아니면 세탁소 일을 했다. 그는 동네에 알고 지내는 중국인이 아무도 없었기 때문에 그를 만나면 사람들은 그의 모자에 붙어있는 빨간 단추를 보고 그가 공무원인 줄 알고 정중히 인사하곤 했다. 그는 빨간색과 하얀색을 섞어 간판을 만들고 사람들이 세탁물을 가져오면 그는 한자로 확인증에 적어 건네주었다.

어느 날 그는 263번지 중심가 지하에 있는 자신의 세탁소에서 다림질을 하고 있던 중이었다. 문득 창문을 올려다보자 어린 아이들 몇 명이 모여 자신을 쳐다보고 있었다.

대부분의 중국인들은 아이들을 좋아하며 그들과 친구처럼 지내지만 이 남자는 어린 아이들이라면 소름 끼치게 싫어하여 얼른 그들을 내쫓아버렸다. 그리고 마저 다림질을 하려 하는데 아까 그 아이들이 이번에는 뒤쪽 창문에 달라붙어 장난기 가득한 웃음을 지으며 쳐다보고 있는 것이었다.

그 중국인은 만주어로 아이들에게 무서운 표정과 함께 호통을 쳤지만 그들에게는 전혀 통하지 않았다. 그들은 한참동안 그렇게 창문 앞에 있다가 사라졌다. 그러나 다음 날 학교 수업이 마치자 다시 나타났고 다음 날도, 또 그 다음 날도 마찬가지였다. 그들은 중국인이 창문 앞에 있는 자신들을 보며 열 받아하는 모습에 더 그를 약 올리고 싶어 했다.

다음 날은 일요일이라 그런지 아이들의 모습이 보이지 않았다. 무교였던 중국인은 그 날도 세탁소에서 일을 하고 있었다. 그 때 커다란 나비 한 마리가 열려져 있는 문으로 들어와 방 안을 날아다녔다.

  그는 문을 닫고 나비를 잡기 위해 한참을 쫓아다니다 겨우 나비를 잡아 옷핀으로 양 날개를 벽에 고정시켜 버렸다. 나비는 날개로 감각을 느끼지 않아 고통을 준 것은 아니지만 최소한 그에게는 덜 성가시게 된 것이다. 그 나비는 크고 여러 가지 색깔로 정교한 무늬의 아름다운 날개를 가지고 있었다. 마치 대성당의 창문에 장식 된 스테인글라스 같았다.

  중국인은 나무 상자에 들어있는 '위대한 마법'책을 꺼냈다. 그는 천천히 책을 읽다가 '나비의 언어 이해하기'에서 멈췄다. 내용을 자세히 읽어보더니 책에 쓰여 있는 대로 양철 컵에 물약들을 섞고 마법의 주문을 불어넣었다. 쓰디 쓴 물약을 다 비우자마자 중국인은 나비의 언어를 할 수 있게 되었다.

  "여기에 왜 들어온 거지?"

  "이곳에서 밀랍 냄새가 나서 꿀을 찾을 수 있을 것 같아 들어왔어."

나비가 대답했다.

"그런데 내가 너를 잡았지."

남자가 말했다.

"너를 지금 당장 죽여 버릴 수도 있고, 계속 벽에 매달아 두어 굶어죽게 만들 수도 있어."

"그렇게 말할 줄 알았어."

나비가 한숨을 쉬며 대답했다.

"원래 우리들은 오래 살지 못하니 언제 죽든 상관없어."

"그래도 이왕이면 좀 더 오래 살고 싶지, 그렇지?"

남자가 물었다.

"그렇지. 세상은 아름답고 즐거운 일들이 많잖아. 아직은 죽고 싶지 않아."

"그러면…"

남자가 말을 이어갔다.

"너에게 길고 즐겁게 살 수 있는 기회를 줄게. 내

가 시키는 일을 한다면 말이야."

"나비가 어떻게 사람의 종이 될 수 있어?"

나비가 궁금하다는 표정으로 물었다.

"보통은 불가능한 일이지만 나에게는 마법 책이 있어. 그 안에는 아주 신기한 것들이 많이 들어있지. 어쨌든 내 말 대로 하겠어?"

남자가 말했다.

"흠, 그래. 약속할게."

나비가 대답했다.

"너의 종이 된다 해도 충분히 내 삶을 즐길 수 있을 거야. 지금 죽으면 그 조차도 경험할 수 없으니."

"그렇고 말고."

그가 맞장구를 쳤다.

"나비들은 영혼이 없어서 한 번 죽으면 다시 태어나는 것도 불가능한 일이야."

"나는 이미 세 번의 삶을 경험해봤는걸."

나비는 내심 자랑스러워하는 표정이었다.

"애벌레로 살아보기도 했고 그 다음에는 번데기의 삶도 살아보았어. 그리고 지금은 나비가 되어 살고 있지. 너는 중국인으로만 살아봤겠지만 말이야. 물론 네가 나보다 훨씬 긴 인생을 산다는 것은 인정해."

"내 명령만 잘 따른다면 너의 수명을 오랫동안 늘려줄게."

그가 덧붙여 말했다.

"마법을 부리면 전혀 어려운 일이 아니거든."

"무조건 네가 시키는 대로 할게."

나비는 망설임 없이 대답했다.

"좋아. 내 말을 잘 들어! 어린 아이들을 알지? 소년들과 소녀들 말이야."

"물론이지. 매일 나를 쫓아다니며 내 날개를 잡으려 해. 마치 네가 내게 했던 것처럼 말이다."

나비가 대답했다.

"그 어린 녀석들은 매일 창문으로 나를 들여다보

면서 비웃고 조롱해."

남자의 목소리는 점점 거칠어졌다.

"그러면 어린 애들은 너와 나의 적인 것에는 틀림없는 사실이겠군. 우리 모두의 적이다! 이 책에 들어있는 마법들과 네 도움을 합치면 그들에게 제대로 복수를 할 수 있겠어."

"나는 복수에는 크게 관심이 없는데."

나비가 말했다.

"그들은 그저 어린 아이들일 뿐이야. 아이들이 아름다운 것을 따라다니는 것은 매우 당연한 일이지."

"나에게는 중요한 일이야! 분명 너는 내가 시키는 대로 한다고 했잖아."

남자는 나비를 몰아붙였다.

"반드시 그들에게 복수를 하고 말 거야."

그러더니 그는 꿀 한 방울을 찍어 나비의 머리 옆에 발랐다.

"꿀 좀 먹고 있어. 그동안 나는 이 책을 읽고 마법의 물약을 만들고 있을 테니."

나비가 맛있게 꿀을 먹는 동안 중국인은 열심히 마법 책을 읽고 마법의 물약을 완성시켜 양철 컵에 담았다. 그는 얼른 나비를 벽에서 떼어내고 말했다.

"우선 이 마법의 물약에 앞다리를 담가봐. 남자아이든 여자아이든 상관없이 아이들을 만나면 그들 가까이 접근해서 그들의 이마에 앞 다리로 콕 찍어. 그러면 그들은 돼지로 변해 평생 그 모습으로 살아가게 될 거야. 그리고 돌아오면 다시 한 번 물약에 앞 다리를 담가 새로운 아이들을 찾으러 가면 돼. 그럼 나를 괴롭혔던 어린아이들 모두를 돼지로 변하게 할 수 있어. 누구도 내가 저지른 일이라 생각 못하겠지."

"알겠어. 네가 말한 대로 할게."

나비는 여섯 개의 다리 중 가장 짧은 앞다리 두 개를 마법의 물약에 담그고 마을로 훨훨 날아갔다.

그러다 나비는 예쁜 꽃들이 가득 피어있는 정원을 하나 발견했는데 그곳에서 놀다가 그만 자신이 할 일을 새까맣게 잊어버리고 말았다.

나비는 마법의 물약이 묻어있는 다리로 이 꽃 저 꽃을 스치며 날아다니느라 정신이 없었다. 날이 저물 때쯤 되어서야 나비는 남자가 지시한 일이 생각났다. 하지만 나비는 그런 복수를 하고 싶지 않았다.

'그 중국인, 아주 끔찍한 인간이야.'

나비는 생각했다.

'어린 아이들을 괴롭히려 하다니. 그의 명령대로 하고 싶지 않아. 그렇다고 안 돌아갈 수는 없지. 내가 도망쳐도 그는 마법을 부려 끝까지 찾아내 죽여버리고 말텐데. 거짓말을 하는 수밖에 없겠군.'

나비는 남자가 기다리고 있는 세탁소로 돌아갔다. 그는 잔뜩 기대하고 있는 얼굴이었다.

"그래, 내가 하라는 대로 했지?"

"그래."

나비는 차분한 목소리로 대답했다.

"아주 예쁜 금발의 소녀였는데 꿀꿀거리는 돼지의 모습으로 변해버렸어."

"아주 좋다! 아주 좋아!"

남자는 몹시 기뻐하며 세탁소 안을 마구 뛰어다녔다.

"저녁으로 꿀을 줄께. 내일은 두 마리의 돼지를 만들어야 해!"

나비는 말없이 꿀을 먹을 뿐이었다. 나비에게는 영혼이 없기 때문에 양심도 없고 따라서 남자에게 아무 거리낌 없이 거짓말도 할 수 있었다. 오히려 그 상황을 즐기고 있었다.

다음 날 아침 나비는 남자의 지시에 따라 앞다리를 물약에 담그고 아이들을 찾아 날아갔다. 나비는 시골로 보이는 동네에 도착했고 우리 안에 있는 돼지 한 마리가 보였다. 나비는 울타리 위에 내려 앉아 돼지를 바라보며 생각에 잠겼다.

"이 물약이 어린 아이들을 돼지로 변하게 할 수 있다면, 돼지는 무엇으로 변하게 될까? 참 궁금하구나."

호기심 가득한 나비는 날개를 펄럭이며 돼지의 코 쪽으로 날아갔다. 앞다리로 코를 살짝 건드리자 순간 돼지의 모습은 온 데 간 데 없이 사라졌고, 그 자리에는 헝클어진 머리에 며칠 씻지 않은 듯 꾀죄죄한 소년이 하나 앉아있었다. 그는 벌떡 일어서더니 감탄사를 지르며 냅다 뛰어나갔다.

"재밌는 일이군."

나비가 혼잣말을 중얼거렸다.

"그 중국인이 이 사실을 알면 엄청 화를 내겠지. 그가 없애고 싶어하는 어린 아이를 오히려 한 명 더 늘어나게 했으니 말이야."

나비는 소년을 따라 날아갔다. 소년은 갑자기 길가에 있는 고양이에게 돌멩이를 던졌다. 불쌍한 고양이는 소년의 돌팔매질에 재빨리 나무 위로 올라가 나뭇가지 속에 몸을 숨겼다. 이번에 소년은 이제 막 씨앗을 뿌린 정원을 발견했다. 그는 화단을 마구 짓밟고 씨앗을 흐트러뜨렸다.

정원은 금세 망가지고 말았다. 이걸로도 만족하지 못한 소년은 나뭇가지 하나를 꺾어 회초리를 만들더니 조용히 풀을 먹고 있던 새끼 송아지를 때리기 시작했다.

송아지는 애처로운 울음소리를 내며 도망쳤는데 소년은 몹시 즐거워하며 송아지 뒤를 쫓아가 계속해서 그 불쌍한 송아지를 때렸다.

"이럴 수가."

나비는 생각했다.

'왜 그 중국인이 아이들을 그렇게 싫어하는지 조금은 알 것 같군. 모든 아이들이 저 꼬마같이 짓궂고 못되게 군다면 말이야.'

송아지를 쫓아가는 것을 포기한 소년은 길에서 어린 여자아이 둘을 만났다. 그들은 학교에 가는 길이었다.

둘 중 한 소녀는 먹음직스러워 보이는 사과를 하나 들고 있었는데 소년이 그것을 냅다 뺏어 먹어버렸다. 소녀는 울음이 터졌고 함께 있던 씩씩한 그녀의 친구가 소리쳤다.

"부끄러운 줄 알아! 이 멍청아!"

그 말을 들은 소년은 여자 아이의 뺨을 세게 쳤다. 그녀 역시 울음을 터뜨렸다. 나비는 영혼은 없었지만 심성은 아주 착한 곤충이었다. 이 못된 소년을 보고 있을 수만 없었다.

'저 못된 녀석을 계속 저렇게 내버려둔다면 내 스스로를 용서할 수 없을 것 같다. 저 어린 괴물은 하루 종일 나쁜 짓만 할 것이 분명해.'

나비가 생각했다. 즉시 나비는 소년의 얼굴로 날아가 물약이 묻은 앞다리를 그의 이마에 찍었다. 그 순간 소년의 모습은 사라지고 돼지 한 마리가 꿀꿀거리며 우리 쪽으로 달려갔다. 그제야 나비는 안도의 한숨을 쉬었다.

'이번 만큼은 그 중국인이 시킨 대로 할 수밖에 없었어. 뭐, 그 아이는 원래부터 돼지였으니 내가 잘못한 것도 없지! 그 어린 소녀들은 아주 사랑스러운 아이들이었으니 돼지로 만들 필요가 없겠지만 그런 못된 녀석은 중국인이 시킨 대로 당장 돼지로 만들어 버리는 게 맞지.'

나비는 부드럽게 불어오는 산들바람에 자유롭게 몸을 맡겼다. 나비는 장미 덤불로 날아가 저녁까지 편히 머물러 있었다. 날이 어두워지고 나비는 다시 세탁소로 돌아왔다.

"두 명의 아이들을 돼지로 바꾼 거지?"

나비를 보자마자 그가 물었다.

"그래."

나비가 대답했다.

"그 중 하나는 검은 눈동자를 가진 예쁜 아이였고 다른 하나는 주근깨와 빨간 머리를 가진 맨발의 소년이었다."

"좋았어! 잘했어!"

그는 전날보다 훨씬 더 신나 하는 모습이었다.

"그 둘이 가장 골치 아픈 아이들이였거든! 앞으로도 보는 소년들 전부 돼지로 만들어버려!"

"알겠어."

나비는 들릴 듯 말 듯한 목소리로 대답했다. 저녁 식사는 역시나 꿀이었다. 며칠 동안 나비는 비슷한 날들을 보냈다. 별다른 목적지 없이 정원에 날아가 햇볕을 쬐고 날이 저물면 세탁소로 돌아와 거짓말을 둘러댔다.

나비는 남자에게 어떤 날은 한 명, 또 어떤 날은 두 명, 혹은 세 명까지 돼지로 만들어버렸다고 거짓말을 했다. 남자는 의심 없이 나비의 말을 믿었고 항상 그에 대한 보상으로 꿀을 주었다.

어느 날 저녁 나비는 남자가 의심할 수도 있겠다 싶어 조금 다른 거짓말을 꾸며내야겠다고 생각했다. 그 날도 어김없이 중국인은 어떤 아이들을 돼지로 만들었냐고 물었고 나비는 이렇게 대답했다.

"그는 중국인 소년이었어. 내가 앞다리로 그의 이마를 찍자마자 검은 돼지로 변해버렸어."

하지만 이 말을 들은 중국인은 화를 참지 못하고 손가락으로 나비를 잡고 날개가 부러지기 직전까지 마구 흔들어댔다. 멍청한 그는 중국인 소년들 역시 자신을 조롱했던 사실을 까맣게 잊고 미국인 아이들에 대한 복수만 생각하고 있었기 때문이다.

나비는 자신의 날개를 흔들어 망가트린 남자의 행동에 몹시 분노하였다. 그는 꿀을 먹는 것도 거부하고 저녁 내내 부루퉁한 표정이었다. 나비의 분노는 남자가 아이들을 싫어하는 마음만큼이나 커져버렸다.

다음 날 아침이 되어서도 나비는 화가 가라앉지 않아 온몸을 부들부들 떨고 있었지만 남자는 전날과 다름없이 소리쳤다.

"어서 서둘러. 오늘은 네 명의 아이들을 돼지로 만들어야 해. 어제 몫까지 합쳐서 말이야."

나비는 대답이 없었다. 그의 작고 까만 눈은 복수심으로 빛나고 있었다. 그리고 앞다리를 물약에 담그자마자 남자의 얼굴로 곧장 날아가 이마에 물약을 찍어 버렸다. 그 때 한 신사가 세탁소로 들어왔다. 중국인의 모습은 보이지 않았다. 뼈가 앙상한 혐오스럽게 생긴 돼지 한 마리가 시끄럽게 꽥꽥거리고 있을 뿐이었다.

나비는 개울로 날아가 앞다리에 묻어있던 마법의 물약을 깨끗이 씻어냈다. 밤이 되었고 나비는 장미 덤불 속에서 편안히 잠이 들었다.

정씨책방, 큰글씨책 도서 목록

'큰글씨책 - 대활자본' 도서는 저시력자 및 어르신들 모두 편하게 읽을 수 있도록 '큰글씨책 - 대활자본'에 맞는 가독성 살린 편집과 디자인으로 본문 및 글자 크기를 크게 하여 만든 책입니다.

001 이효석 단편문학 - 이효석
대한민국 대표 단편소설 작가

002 방정환 단편문학 - 방정환
대한민국 아동문학 대표 작가

003 목요일이었던 남자 : 악몽 - 길버트 키스 체스터턴
거칠고, 정신없는 유쾌하고도 깊은 감동이야기

004 투명인간 - 허버트 조지 웰스
얼굴 가린 두툼한 붕대, 그는 왜 변장하고 있는 걸까?

005 윤동주 시집 - 윤동주
하늘과 바람과 별과 시, 시인이란 슬픔 천명을 안고 간 청년시인

006 모로 박사의 섬 - 허버트 조지 웰스
그렇게 희망과 고독 속에서 내 애기를 마친다

007 김소월 시집 - 김소월
진달래꽃, 한국 현대시인의 대명사

008 오페라의 유령 - 가스통 르루
오페라 하우스의 5번 박스석과 지하 세계

009 김동인 단편문학 - 김동인
현대적 문체로 풀어낸 한국 근대문학의 선구자

010 이상한 나라의 앨리스 - 루이스캐럴
앨리스의 이상하고 환상적 모험

011 노천명 단편문학 - 노천명
사슴의 시인, 고독과 향수 소박하면 서섬세한 정감

012 나도향 단편문학 - 나도향
백조파 특유의 감상적이고 환상적인 작품

013 타임머신 - 허버트 조지 웰스
공상 과학소설의 고전

014 미국 단편 동화집 - 라이먼 프랭 크 바움
일상 생활에서 만나는 마법

015 구운몽 - 김만중
인생 부귀공명, 일장춘몽

016 80일간의 세계일주 - 쥘 베른
80일간의 세계일주, 행복을 얻다

017 홍길동전 - 허균
우리나라 최초 국문 소설

018 사씨남정기 - 김만중
조선 사회의 모순과 실상, 권선징악

019 백범일지 - 김구
독립운동가 백범 김구 자서전

020 현진건 단편문학 - 현진건
객관적 현실 묘사, 사실주의자 작가

라이먼 프랭크 바움

　엘 프랭크 바움으로 잘 알려진 라이먼 프랭크 바움은 어린이들을 위한 책을 쓰는 작가로 유명하다. 전 세계적으로 사랑받는 소설 '오즈의 마법사'를 지은 엘 프랭크 바움은 일상생활에서 흔히 볼 수 있는 상황에 유머와 마법을 적절히 섞어 이야기를 만들어내는 데에 아주 탁월한 솜씨를 가지고 있다. 대부분 단편집의 배경은 미국이지만, 항상 요정이나 현실에서는 절대 일어날 수 없는 놀라운 일들을 벌이는 존재로 나타나고 있다. 이런 내용들이 나이를 초월하여 모든 이들에게 사랑받고 있는 이유이다.

　'오즈의 마법사'를 비롯하여 총 14편의 오즈의 마법사 시리즈를 썼으며 그 외에도 41편의 소설, 83편의 단편 소설, 200편이 넘는 시, 그리고 42편 이상의 대본을 썼다.

발행일. 2019년 3월 11일
지은이. 라이먼 프랭크 바움　**옮긴이**. 박현진
펴낸이. 정석환　**펴낸곳**. 정씨책방　**등록**. 2016.2.19 제 2019-000133 호
주소. 서울특별시 송파구 올림픽로 212, B동 1107호 (잠실동)
전화. 070-8616-9767　**팩스**. 0303-3442-3579
이메일. jungcbooks@naver.com
ISBN. 979-11-89604-38-7 (03840)　**정가**. 30,000 원

이 도서의 국립중앙도서관 출판예정도서목록(CIP)은 서지정보유통지원시스템 홈페이지(http://seoji.nl.go.kr)와 국가자료공동목록시스템(http://www.nl.go.kr/kolisnet)에서 이용하실 수 있습니다. (CIP제어번호 : CIP201908199)